KB062502

놀 수 있을 때 놀고
볼 수 있을 때 보고
갈 수 있을 때 가고

놀 수 있을 때 놀고
볼 수 있을 때 보고
갈 수 있을 때 가고

윤영미 지음

"인생, 지금이 중요하다"

몬스북
mons

차례

1 놀 수 있을 때 놀고

2   볼 수 있을 때
보고

3

갈 수 있을 때
가고

4 예순,
잔치는 시작이다

다음은 없다

얼마 전, 같이 건축인문학 공부하던 동숭학당의 교장 선생님이자 서울시립대 건축학부 교수인 박철수 님의 추도 모임에 갔었다. 대화가 술술 통하던, 다정한 친구 같기도 하고 예리한 학자이자 책을 50권이나 쓴 대단한 저자이기도 한 박 교수님을 그리워하는 사람들의 만남.

우리는 말했다. 코로나19로 찾아뵙지도 못했는데 너무도 황망하게 일찍 가셨다고.
나 역시 시립대로 한번 찾아갈 테니 맛있는 점심 사달라고 말했었고, 암으로 투병하실 때 전화 드려 "어여 나으셔서 그 맛있는 수다, 같이 떨어요. 곧 나으실 테니 용인 살구나무집 마당에서 차 한잔해요~" 이야기했으나….

코로나19도 그랬다.

3년이나 마스크를 쓰고, 어딜 나서지도 못하고, 식당에도 못 가고, 누굴 만나지도 못할 줄 누가 알았겠는가. 여행 계획을 짰다가 줄줄이 취소하고, 모든 행사 다 취소, 회사도 못 나가고, 가족들끼리도 몇 명은 된다, 안 된다…. 그러한, 세상에 없던 일을 온 지구가 다 겪을 줄 상상이나 했던가.

결혼하면, 대학 가면, 아이들 크면, 적금 타면, 바쁜 일 끝나면, 명절 지나면, 봄이 오면, 연초 되면, 건강해지면, 살 빼면, 취직하면, 시험 끝나면, 연금 받으면, 이것만 끝나면 저것만 지나면, 이 비 그치면….
세상은 기다려주지 않는다. 계획은 계획대로 되지 않는다. 세상은 곳곳에 지뢰다. 장애와 돌발은 언제나 투 비 컨티뉴다.

친정엄마와 단둘의 여행은 나 바쁜 일 끝나면, 엄마 기운 차리면…으로 미루다 영영 기회는 가버렸다. 엄마는 영원히 엄마로서 남아 계실 줄만 알았다.

남편과 아이들과의 단란한 시간은 찰나의 사진으로만 몇 장 남아 있을 뿐. 아이들이 중학생 때 유학을 가면서 네 명의 가족이 완전체로 모여 밥을 먹는 일이 이제 일생에 몇 번이나 더 기회가 있을지….

아프리카·남미·유럽·미국 횡단은 항상 계획 중이나 과연 죽기 전에 가능이나 할지 모르겠고, 제주에 이어 강원도에 집 꾸미기, 남도에 집 마련하기는 그냥 말로만 끝날 것인가. 알 수가 없다.

나도 모르게 멀어진 친구는 언젠가 오해가 풀리면 다시 이어지겠지 싶었으나 세월과 함께 오해는 단정으로 굳어져 영영 이어지지 않았으며, 언젠가 해야지 싶은 집 정리, 언젠가 이루리라 다짐한 욕실 수건 통일과 새 이불 마련하기, 속옷 세트로 맞추기…는 마음속의 숙원 사업으로만 늘 찜찜하게 남아 있다.

사랑하는 사람에게 사랑한다 말하기.
고마운 사람에게 고맙다 말하기.
미안한 사람에게 미안하다 말하기.

언젠가 해야지 싶지만 과연 그 언젠가가 올까.

60년 넘게 못 하던 엄마에게 '사랑한다 말하기'. 기억을 잃고 딸을 알아보지 못하는 엄마에게 뒤늦게 '사랑한다' 말하며 얼마나 후회했는지 모른다. 진즉에 사랑한다 말했더라면 엄마가 얼마나 좋아하셨을까.

그래서 나는 아이들에게 전화 통화할 때마다 말한다. "사랑해."

그러나 아들들도 내가 그랬던 것처럼 엄마에게 사랑한다 말하지 않는다. 그 마음 알지만 서운하다. 아무리 말해도 안 된다는 거 알지만.

'아들들아, 사랑은 말로 표현하는 거란다.'

만나고 싶은 사람, 다음에 보자 말하지 말자.

나는 다음 주에 만나기로 했어도 오늘 만나고 싶으면 만난다. 다음 주는 다음 주고 오늘은 오늘이니까. 마음의 원이 있다면 그걸로 행할 이유는 충분하다. 마음이 행하는 대로 발길을 향하는 거, 내 눈길 향하는 대로 걸음을 옮기는 거, 그게 답이다.

제주에 집을 마련해 제주 라이프를 즐기는 내게 외려 돈 많은 이들이 말한다. 부럽다고, 나도 하고 싶다고.

하면 되는데 그들은 뭣 때문인지 늘 꿈을 미룬다. 나중에 하려 하면 이미 몸이 말을 안 듣거나 세상이 내 뜻과 달라져 있을 수 있는데….

코로나19로 3년간 세상이 올 스톱 될 수 있다는 걸 아무도 예측하지 못했잖은가. 1초 앞을 예측 못 하는 게 인간인데 영원히 살듯 우리는 예상하고 미루고 기약한다.

가고 싶으면 지금 가자.

보고 싶으면 지금 보자.

하고 싶으면 지금 하자.

먹고 싶으면 지금 먹자.

봄꽃도 때를 미루면 영영 못 본다. 일주일 남짓도 못 가는 벚꽃은 때를 맞추지 못하면 난분분히 휘날리는 벚꽃 장관을 볼 수 없고, 개나리의 진노랑, 진달래의 진분홍도 결코 나의 때를 기다려주지 않는다. 4월의 앳된 연둣빛 새순도 그 시기를 놓치면 금세 지근한 진녹색으로 몸을 바꾼다. 꽃은 내년에도 다시 오지만 나는 내년에도 존재할지 그건 모른다.

자연도 사람도 다 때가 있다. 그들의 때는 나의 때를 기다려주지 않는다. 그들의 때에 내가 맞출 수밖에.

나중에, 다음에⋯ 미루며 돈도 못 쓰고 평생 뼈 빠지게 일하다 몸 상해 병원에서 생을 마감하거나, 자식들 뒷바라지만 열심히 하다 늙고 소외된 채 "내 인생 돌리도~" 해봤자 허무만 쓰라리게 남는다.

자, 지금 나가자. 팔라리 팔라리~ 꽃대궐이 한창인데, 바쁠 일이 뭐 있겠나.

인생, 지금이 중하다. 다음은 없다.

2023년 봄 윤영미

1   놀수   있을때

놀고

무모한 집

4년 전 새해 초, 설날과 남편 생일, 시어머니 생신이 겹친 아주 중요한 날이었다.

25년 결혼 생활 중 단 한 번도 명절날에 시댁을 가지 않은 적이 없었다. 그래야만 하는 줄 알았다. 4대 독자인 아들과 손주들 보고 싶어 하시니 같은 서울에 있는 시댁이지만 전날부터 가서 장을 보고 전도 부치고, 거실에 이불 펴놓고 아예 하룻밤 자면서 명절 특선 영화도 보는, 특집 방송 같은 명절을 보냈었다.

시어머니는 맏딸이었다. 동생만 네 명.

어머니가 동생들 다 업어 키우고 공부시켰다는데, 그래서 그런지 어머니 생신이나 경조사, 명절이면 시어머니 동생들 네 가족이 그들의 아들, 며느리와 손자, 키우는 강아지까지 데리고 시댁으로 와 아침과 점심까지 먹고 갔다. 나는 꿔다 놓은 보릿자루같이 쭈뼛쭈뼛 얼쩡거리다 가실 때 인사만 하는, 영 적응 못 하는 나이 많은 며느리였다. 어머니의 동생 가족들 수십 명이 다녀가면, 이번에는 옛날 이웃에 살던 영천 할머니와 월남한 시아버지의 몇 안 되는 먼 친척들이 찾아왔다. 아예 며칠 묵어 갈 요량으로 바리바리 짐 보따리 싸서.

종편 방송의 〈웰컴 투 시:월드〉 같은 프로그램에 나오는 그대로였다. 시댁 지척에 내 친정이 있는데도 시어머니는 며느리에게 어서 친정에 가란 말씀을 일평생 단 한 번도 하지 않았다. 시누이들도 마찬가지였다. 난 친정이 없는 사람 같았다. 사전에 남편에게 "당신이 먼저 점심 먹고는 홀로 계신 장모님 뵈러 가자고 말 꺼내라."고 그렇게 당부했건만 남편은 짐짓 모른 척. 삼촌들과 생선전에 잡채 잔뜩 먹고는 벌러덩 소파에 눕는다.

명절 때는 왜 그 흔한 야근도 걸리지 않는지. 난 명절이 싫었다.
각자들 절기를 누리고 모이면 되지, 그걸 국가적인 차원에서 온 국민 대이동을 조장해야 하겠나? 명절로 야기되는 문제는 또 얼마나 많은가. 몸 고생, 맘고생, 돈 고생…. 우스갯소리로 명절 없앤다는 대통령 나오면 도시락 싸들고 찬성한다고 공언하기도 했다.

암튼 4년 전, 설날이자 시어머니 생신이자 하필 남편 생일까지 겹친 그날. 나는 선언했다. 독립 기념 선언문 낭독하듯 이번 설엔 시댁 안 가고 혼자 제주 여행을 떠난다고. '떠나도 되냐?'가 아니라 일방적 통보를 했다.

그런데 아무 일도 일어나지 않았다.

결전을 각오했는데 아무 일도 벌어지지 않았다. 싱겁게 부전승으로 끝났다.

홀로 제주에 내려와 지낸 열흘.

코로나19 초기라 당시의 제주는 텅 비어 있었다. 30분을 달려도 차 한 대 없었고 유명 식당에서도, 관광지에서도, 거리에서도 당최 사람 구경을 할 수가 없었다. 겨울 벌판의 억새와 길가에 뜨문뜨문 자리한 동백만이 반겨주었을 뿐.

그 낯설고 생경스러운 제주의 자연.

그 속의 낯선 나.

그게 좋았다.

지금같이 관광객 바글거리는 제주였다면 아마도 나와의 인연은 없었을 것이다. 그 제주의 텅 빈 자연이 내게 와 꽂혀 나는 제주에 집을 구하고 싶었다. 먼저 차를 샀다. 중고로 경차 스파크를 샀다. 주차할 곳도 없었는데 일단 샀다.

무모했다.

그러고는 울면서 기도했다. 내 몸 하나 뉘일 곳을 간곡히 구했다. 귤 밭 가운데 천장 높은 돌창고가 있는 소박하지만 운치 있고 싼 집.

아, 그런 집이 있을 리가 있나.

제주의 서쪽, 남쪽, 동쪽을 미친 듯이 운전하며 하나님을 원망하고 울었다. 어떻게 60년을 하루도 안 쉬고 치열하게 일해 왔건만 내 작은 거처 한 군데 제주에 구할 수 없는가. 남들은 빌딩을 소유하고 골프에 주식에, 백화점 명품 숍을 드나드는데 나는 왜 소박한 집 한 칸 구할 수 없는가. 천둥벌거숭이처럼 동에서 서로, 서에서 동으로 가로지

르며 제주의 곳곳을 훑고 다녔다. 대체 나의 왜소한 몸 하나 뉘일 자그만 거처는 어디에 있는가.

기적처럼 동쪽 세화리에 원하던 집을, 원하는 가격에 구하게 되었고 집 앞의 벚꽃나무가 근사해 체리블러섬 하우스, '체리집'이라 이름도 붙였다. 당근마켓에서 중고 가구와 소품들을 사 경차에 실어 나르며 자다가도 벌떡 일어나 가구를 이리저리 옮기는데 하나도 힘들지 않았다.

세화리 체리집에서의 2년은 행복하였다.
아침이면 커튼을 젖히고 첼로 연주곡을 틀고는 문 앞 데크에 나가 커피를 마시며 비를 즐기기도 했다. 집 근처 아끈다랑쉬 오름으로 가는 길은 봄엔 갯무꽃, 가을엔 코스모스 천지라 뒤돌아보는 세화 바다의 블루와 하양 분홍의 갯무꽃 코스모스 물결이 아스라이 꿈결만 같았다.

제주에 오래오래 살고 싶었다. 이번엔 제주 전통 마을에 살고 싶었고 마당이 있는 집에 살아보고 싶었다. 또다시 집을 향한 가슴앓이를 시작했다. 그림을 그렸다. 디귿자 형태의 돌창고가 있는 마당 있는 집! 몇 달의 발품을 판

끝에 드디어 딱 머릿속에 그리던 집이 나왔다.

7년을 연세로 계약. 사람 살 컨디션이 아니라 대대적인 수리가 필요했다. 처음엔 몇 천만 원 들이면 대충 들어가 살 수 있겠지 싶었으나 수리비 견적은 점점 불어났다. 마당에 나무 한 그루 없는 집이라 나무도 심어야지, 집 안에 화장실이 없으니 화장실도 안거리(안채)와 밖거리(바깥채) 두 군데 만들어야지, 다 허물어져 가는 돌창고를 부엌으로 만들려니 돈과 시간, 손이 막대하게 들어가는데….
가구와 조명, 수납장, 냉장고, 세탁기, 싱크대까지… 사야 할 것 천지. 괜한 짓을 벌였다 싶었다. 일 년을 그냥 두었다. 연세 3천만 원 버렸다 셈 칠까….
너무 무모했다.

결국 집 이름을 '무모한 집'이라 짓고 무모하게 돈을 들여 집을 고쳤다.
남의 집에 왜 돈 들이냐 다들 걱정해 주지만 남 좋은 일 하고 살려고 한다. 대신 7년 동안 나와 가족, 지인들이 머물며 행복하게 지내면 수리비 아깝지 않다.

사람이 공간을 만들고 공간이 다시 사람을 만든다고 생각한다. 무모한 집에서 벌어질 재미난 일들, 무모한 집에서 만날 좋은 사람들. 결코 무모하지 않다. 어쩌면 유용도 무용에서 비롯되는 거, 무에서 유가 창조된다 하지 않던가….

다들 자기만의 또 다른 공간을 꿈꾼다. 꿈만 꾼다.
머릿속의 생각을 가두면 녹슬고 곰팡이 핀다. 녹슬기 전에 꺼내 움직이게 해야 한다.
명절에 시댁 안 가면 큰일 나는 줄 알고 지레 겁만 먹었는데 일단 해보니 되더라는 거다. 명절에 시댁 안 가고 제주 여행을 감행한 것이 내 인생을 바꿔놓았다.

어차피 죽을 때 안 해본 일 후회할 터인데, 하고 싶은 거 하고 살자. 집도 짓고, 공간도 꾸미고, 홀로 여행도 가고, 사고 싶은 것도 사고…. 아무 일도 안 하면 아무 일도 일어나지 않는다.

며느리의 의무는 나로부터 끊는다. 내 미래의 며느리들아, 명절엔 시댁 안 와도 되니 너희들 하고 싶은 거 하거

라. 나는 나대로 재밌게 살 테니…. 혹시 괜찮다면 아들
만 보내다오~. 안 되면 말고.

마음이 이끄는 대로

전남 구례에서 차를 몰고 가다 옆쪽에 흘낏 꽃길을 보았더랬다. 멈추기 어려워 그냥 지나쳤는데, 직진하는 차의 뒤쪽으로 마음이 강하게 끌렸다.

지금 못 보면 영영 못 볼 것 같아 차를 돌려 다시 그곳으로 갔다.
세상에나~~~~~! 노란 코스모스랑 분홍 하양 보라⋯색색의 들꽃들이 눈에 보이는 저 끝까지 꽃 평야를 이루고 있었다. 폴짝폴짝 너무 좋아 한참을 꽃밭에서 아이처럼 뛰놀았다. 안 갔으면 이 장관을 못 봤을 테지!

제주에서 차를 몰고 가다 묘하게 아름다운 숲길을 발견했다. 호기심 발동. 차를 돌려 다시 그곳으로 가 혼자 숲길을 탐험했다. 10분 정도 이어지는 참나무 길이었는데 굽어진 곡선이 인위적이지 않고 아주 자연스런 길이었다. 옆엔 계곡이 있어 물소리까지 들으며 걸을 수 있었다. 찾아봐도 따로 이름이 없는 장소라 내가 이름을 지었다. '영미포레스트'라고.

여행은 목적지가 중요한 게 아니지.
가기 전의 설렘, 짐을 싸는 즐거움, 여행지에서의 우연한 마주침, 다녀와서의 달큰한 노곤, 사진의 리뷰, 기억에서 추억으로….

마음이 이끌리는 풍광이 있다면 멈춰 서는 여유.
그리하여 옆도 바라보고 뒤도 돌아보고 하늘도 쳐다보고. 땅도 내려다보고.

"참된 여행은 새로운 풍경을 찾는 게 아니라 새로운 눈을 갖는 것이다."
프랑스 소설가 마르셀 프루스트의 말이다.
풍경은 늘 그 자리에 있다. 다만 그것을 보는 눈을 갖는 건 나의 몫이다.

여행에서의 늦됨은 없다.

문득 뒤돌아봤을 때 굽어진 길 저 아래 푸른 바다가 넘실거리고, 바람의 길이 휘엉 느껴지는 숲의 춤사위, 구멍 난 돌담 사이로 고개를 내밀고 있는 노란 유채꽃과 강가의 애기똥풀, 비 온 뒤 꼬부랑거리며 햇빛 쬐러 나오는 지렁이, 오렌지색에서 블루로 번져가는 노을의 순간, 새 한 마리 감나무에 휘릭 날아와 감을 쪼아 먹는 잰 움직임, 초저녁 섬진강에 번져가는 빤짝이 윤슬.

이런 건 계획할 수 없다.
느리게, 천천히, 여유 있게… 마음이 이끄는 대로, 시선이 멈추는 대로 움직여야 볼 수 있는 것들.

노는 것도 연습이 필요하다

쉼과 놂.

쉬는 것과 노는 것은 다르다.

노는 건 준비와 연습이 필요하다.

혼자 노는 것도 좋지만 같이 노는 법은 배워야 한다.

일단 멤버가 좋아야 한다. 일테면 결이 비슷하고 사는 수준도 비슷해야 하며 말이 통하는 사람이어야 한다. 내 주변엔 온통 돈 없는 예술가들이다. 나는 예술가는 아니지만 예술가 기질이 조금은 있는 것 같다. 그래서 바탕에 아트가 없는 사람을 만나면 영 재미가 없다. 부동산, 명품, 골프, 주식, 자녀 교육은 나의 대화 주제와 거리가 멀다.

그렇다고 대단한 예술을 논하는 건 아니지만 자연과 삶, 사랑, 영화, 건축, 음악… 그리고 풍류가 있어야 노는 재미가 난다. 또 유머스럽게 티키타카, 대화가 탄력 있게 오가야지, 소위 마(^^)가 뜨면 지루해진다.

그래서 부자들 모임에 가면 내 입엔 지퍼가 채워진다. 대개 그들은 골프 얘기가 아니라 골프장 소유를 얘기하고, 집 한 칸 마련하는 게 꿈이 아니라 빌딩을 매입하는 게 관심사니 나와는 교집합이 없다.

중년 여성들의 흔한 이야기 주제인 투자, 쇼핑, 아이들 교육 얘기에도 나는 흥미가 없다. 자기 얘긴 없다. 자기가 빠져 있다. 너와 나의 이야기를 해야 서로의 존재가 스며들지 않을까.

네 이름은 뭐니? 뭐가 관심 있니? 가슴 뛰는 일이 뭐야?

잘 놀려면 적당히 끼고 빠지고 눈치가 있어야 한다. 주야장천 내 얘기만 해도 안 되고, 입 꾹 다물고만 있어도 망부석 같아 존재감이 없다. 모임에는 다양한 캐릭터가 필요하다. 소위 밥값 잘 내는 사람, 웃기는 사람, 잘 들어주는 사람, 맛집 리스트 꿰고 있는 사람, 재능 있는 사람, 위트 있는 사람, 분위기 띄워주는 사람.

내 경험에 따르면 위트 있는 사람은 밥값 안 내도 늘 불려다닌다. 밥값이야 돌아가며 내거나 나눠 내도 되지만 재미와 위트는 노는 데 필수. 또 말없이 들어주는 사람도 꼭 필요하다. 다 말 많고 다 말 잘하면 시끄럽고 피곤하다.

또한 너무 성공하고 너무 잘나가는 사람은 자기중심적이라 힘들다. 잘나가는 기업가 지인은 칭찬만 들으려 하고 트렌디한 장소에 가면 어울리지 못해 어색해하고 지하 횟집이나 호텔 꼭대기 레스토랑만 찾는다. 또한 얘기 중심이 자기가 아니면 견디기 힘들어한다.

노는 데 있어서 장소도 중요하다.
공간의 분위기에 따라 노는 수준이 달라진다. 뻔한 식당이나 룸에서는 딱 그 정도밖에 못 논다. 트렌디하거나 이색적이거나 편하거나 뷰가 멋지거나 재밌는 공간이 좋다. 그런 장소를 많이 알고 있어야 한다는 거다. 많이 알기 위해선 많이 다녀봐야 하는 건 당연지사.
나는 아나운서 시절, 윗사람 눈치 보며 엄청 돌아다녔다. 당시에는 압구정동, 청담동, 가로수길, 삼청동…, 지금은 성수동, 부암동, 익선동, 서촌, 을지로…. 어디가 핫하고 힙하다고 하면 잽싸게 다녀와 내 것으로 만든다. 얼마 전엔 경동시장부터 북악산 근처까지 하루에 다 돌았다. 인스타그램에 자랑하려는 게 아니라 감각을 유지하기 위해서다.

맨날 가는 곳만 다니면 사람이 정체된다. 올드와 뉴를 다 갖춰야 한다고 생각한다. 왜 사람들이 몰리는지, 요즘 인테리어 추세는 어떤지, 어떻게들 입고, 뭘 좋아하는지가 궁금해서다. 그것이 비즈니스와 곧장 연결되진 않지만 감각을 놓지 않아야 언제 어디서 누굴 만나도 대화가 막히지 않고 술술 풀린다 생각한다.

궁극적으론 콘텐츠가 재산이다. 노는 데 있어 가장 중요한 건 나의 콘텐츠를 갖고 있어야 한다는 거다. 그 사람에게 들을 얘기가 있어야 한다. 대화가 통해야 한다. 어제 한 얘기 또 하고, 그제 한 얘기 또 하면 다시는 안 만나고 싶다. 콘텐츠를 갖기 위해선 새로운 것으로 나를 늘 새롭게 채워야 한다. 뜨는 드라마도 보고, 책도 읽고, 온라인으로 물건도 사보고, 유행하는 음악도 듣고, 접해보지 않은 요리도 먹어봐야 한다. 하고한 날 김광석 노래만 듣고 늘 입는 스타일만 고집하면 그게 꼰대다.

남의 조언에 기분 나빠 하지 않고, '네가 감히 나를?' 하지 않으며, 타인의 눈에 비치는 나는 지금 어떤 상태인지, 항상 예민하게 촉각을 곤두세워야 한다.

멤버, 눈치, 장소, 콘텐츠가 있다면 시간과 체력 그리고 호기심만 갖추면 된다. 아무리 다 갖춰도 체력과 시간이 안 된다면 아무 소용없다. 사실 시간은 만들면 되는 건데 다들 시간이 없다는 핑계를 댄다. 하고 싶으면 방법을 만들고 하기 싫으면 핑계를 댄다고 하지 않나.

내가 늘 하는 얘기가 있다. '좋은 사람들끼린 바쁜 일 없다.'
연애할 때는 열 시간 달려가 십 분 만나라고 해도 아마 다들 행할 것이다. 그런 열정과 호기심이 없는 시간도 만들어낸다. '재밌겠다!' 하면 무조건 달려 나가는 힘. 바로 호기심이다. 아파트 앞 동의 콘크리트만 바라보고 앉아 있으면 우울증만 온다.

무릎에 조금의 힘이라도 남아 있다면 마음이 이끄는 대로 향하라. 하다못해 버스 뒷자리에 앉아 한 바퀴 돌다 마음 닿는 곳에 내려보라. 혹여 아나? 옛날에 나 좋아하던 남자라도 만날지, 아니면 여고 동창생이라도 우연히 만나 짝짜꿍 손뼉 칠 일 있을지…. 놀자, 쉬지만 말고 놀자. '놀면 뭐하니?'가 아니라 '노세, 노세, 죽을 때까지 노세'다. 남는 게 사진만이 아니다. 노는 게 남는 거다.

지금이 화양연화

이십 대 중반에 방송사에 입사했을 때 이십 대 후반의 여자 아나운서 선배가 있었다. 그 선배는 매일같이 남자 선배들로부터 '국수' 언제 먹느냐, 똥차가 가야 뒤차가 가지 않겠느냐는 얘기를 수시로 들으며 '시집'을 종용당했다. 주변에서 하도 노처녀 취급을 해서 난 그 여자 선배의 나이가 엄청 많은 줄 오해했었다. 겨우 스물여덟 살이었는데…. 지금 생각하면 남의 결혼을 왜 자기들이 걱정하는지 분에 넘치는 오지랖이었으나 그때는 반격할 만한 분위기가 아니었고, 또 어쩌면 여자는 한 살이라도 젊을 때 결혼을 하는 게 순리인가 보다 생각하기도 했었다. 나 역시 명절에 친척들을 만나면 다들 언제 결혼해 애 낳느냐는 채근을 줄곧 들어야 했다.

그땐 결혼과 동시에 회사를 그만둔다고 각서에 지장을 찍고 입사했던 시절. 여자 직원이 청첩장을 돌리면 "아이고, 섭섭해서 어째?" 하며 아예 그만두는 걸 당연시했다. 그래서 여자가 미혼으로 서른을 넘기면 오갈 데 없는 초라한 신세가 될 것 같아 여자 나이 서른이 진짜 무서웠다.

나는 그 무서운 서른을 다섯 해나 넘기고 결혼하기까지 방송국 내에서 언제 결혼할 거냐는 말을 빚 독촉 받듯 무시로 들었다. 노처녀란 낙인이 찍히며 안타까움인지, 한심해하는 것인지 알 수 없는 눈빛을 꽤나 오랫동안 한 몸에 받았더랬다.

결혼 후 서른 후반에 연년생 아들을 낳고 정신없이 맞이한 마흔. 여자 나이 마흔은 여자가 아니었다. 그냥 엄마이고 아줌마지.
사십 대 들어서며 난 주눅 든 생활인으로서 곧 다가올 오십 대를 미리 겁내며 직장의 눈치를 보는 그저 나이 든 '여자 사람'일 뿐이었다.
사십 대에 이미 오십을 껴안아 조로한 내가 올려다본 오십 대는 인생 낭떠러지만 같았다. 오십이란 나이가 가당키나 한가? 오십은 손주나 보는 나이 아닌가.

오십 대가 되니 몸이 아팠다. 노화가 오니 이젠 진짜 노년이 코앞에 다가온 듯 조급하고 성마른 성격으로 변해 가는 듯싶었다. 나이가 경륜은 줄 수 있으나 아량을 주진 않는 것 같았다. 예전엔 나이 들면 절로 지혜로워지고 성숙해지는 줄로만 알았으나 나이 듦은 외려 소외로 인한 짜증과 화를 키웠다.

눈치가 많이 보였다. 우연히 들르게 된 술자리에서 내가 도착하자마자 남자들이 우르르 자리를 뜨면 '내가 나이든 여자여서 다들 가는구나, 내가 젊고 예쁜 여성이었으면 등 떠밀어도 안 갈 텐데…' 싶었고, 모든 게 나이로 귀결되니 나이가 장애이자 수치고 민폐인 듯 느껴졌다.

젊어서는 외모가 발목을 잡더니, 나이 들어서는 나이가 발목을 잡았다.

이십 대엔 미리 삼십 대를 살았고, 삼십 대엔 사십 대, 사십 대엔 오십 대를 앞서 살았다.

그러고 보니 나는 내 나이를 살아본 적이 없었다. 항상 미리 나이를 먹었다.

이십 대엔 시집도 못 간 노처녀라고 놀림을 당해 나의 젊음을 알아채지 못하였으며, 삼십 대엔 마흔을 바라보고 미리 여성성을 잃었었고, 사십 대엔 오십이 겁나 마흔을 제대로 살지 못했다. 오십엔 또 육십이 겁나 노년을 미리 당겨와 예습했다.

그러나 돌이켜보니 가장 아름다웠던 시절은 서른 중반부터 쉰 사이였다. 여성으로서, 또 한 인간으로서 찬란한 풍요의 시절이었다. 지금 와서 그때의 사진을 보면 인생 절정이었고 하이라이트였으며 화양연화의 시절이었다.
'젊음은 젊은이에게 주기 아깝다.'라고 했던가. 왜 사랑과 젊음은 늘 지나고 나서야 깨닫는지….

오십 대도 여전히 아름답다. 당연히 너무 여자다.
며칠 전, 쉰셋이 된 후배에게 간곡히 말했다. 너는 지금 좋은 나이라고, 지금을 감사히 누리라고. 그러나 그 후배는 지금의 나이 듦이 서러워 오십 대를 결코 누리지 못할 것이다. 훗날이 되어 보아야 오십 대가 좋았다고 한탄하겠지. 내가 그랬던 것처럼.
난 이제 예순이 넘었다.

옛날에는 뒷방 늙은이로 여겼던 그 나이가 됐는데도 나는 여전히 여자다. 남의 뜨거운 연애사를 들으면 같이 심장이 뜨거워지고, 〈나의 해방일지〉의 손석구를 보며 가슴 설레고, 〈재벌집 막내아들〉의 이성민을 보며 꿈에라도 그가 나타나길 고대했다. 하긴 여든이 된 우리 엄마도 혼자 블라우스 뒷단추를 못 끼운다기에 경비 아저씨께 부탁하라고 했더니 부끄럽다고 얼굴을 붉히셨으니.

내가 방송에 나가 나이 든 탓을 하도 했더니 후배의 엄마가 꼭 영미에게 전하라며 말씀하셨단다. 영미는 지금 너무 예쁘다고, 여든이 되어 지나온 육십 대를 돌아보니 예순은 근사한 나이였고 그 나이만 되어도 날아다닐 것 같다고.

그래, 맞아. 지금의 내가 사십 대의 나를 보면 너무 부럽고 아름답다 느끼니 여든, 아흔이 된 내가 지금 육십 대의 나를 보면 얼마나 좋은 나이일 것인가.

이젠 일흔, 여든을 미리 앞당겨 지금의 나를 저당 잡히지 않는다. 쉰에는 쉰을, 예순엔 예순을, 일흔엔 일흔을 누리면 되는 것을…. 이제 겨우 인생 3분의 2 지점, 하프타

임을 맞이했을 뿐인데…. 나의 성급함으로 인해 나이를
당겨 먹은 나의 불찰을 통렬히 자백한다.

나이 먹는 게 슬프고 두렵지만 남은 날 중 가장 젊다는 지
금을 한껏 누리려 한다. 내 의지대로 걸을 수 있고, 자연
의 소리를 느끼고, 저녁의 푸르스름을 볼 수 있고, 아이의
살결을 만질 수 있고, 음식의 향과 맛을 누릴 수 있으며,
흥에 겨워 리듬에 몸을 움직일 수 있는 오늘, 지금을.

백 투 더 베이식

술도 소주부터 시작해 맥주 와인 막걸리 위스키, 다시
소주.

음악도 트로트부터 시작해 팝송 재즈 클래식, 다시 가요.

음식도 이탤리언부터 시작해 일식 중식 스페인 프렌치,
다시 빈대떡.

인테리어도 프로방스 모던 미국 북유럽, 다시 한국 스
타일.

사람도 잘생긴 사람 유명한 사람 돈 많은 사람 재능 있는
사람 재미있는 사람, 다시 편한 사람.

그렇지. 결국은 편한 게 최고다.

어려운 와인, 비싼 위스키보다 역시 만만한 소주.

알아듣기 힘들고 졸린 클래식보다 역시 애환의 우리 가요.

격식 따지는 서양 요리보다 어릴 적 엄마가 요래조래 해
주시던 음식.
벌서고 서 있어야 할 듯한 잡지 인테리어보다 따뜻한 온
돌 방바닥 아랫목.

그냥 격식이고 뭐고, 인테리어고 뭐고, 역사와 전통이고
뭐고, 코스고 뭐고 간에 편한 게 최고지.

뜨뜻한 아랫목에서 뒹굴대며 된장에 고추 찍어 먹고 아무
얘기나 막 떠들며 막걸리나 마시고 낄낄대는 게 최고다.

백 투 더 베이식이다.

혼자 다녀라

화장실 갈 때도 친구랑 손잡고 다니던 여고 시절을 지나 나이 들어서도 친구랑 쇼핑 가야 하고, 친구랑 여행 가야 하고….

혼자서는 어디 갈 엄두도 못 내는 여성들께 해주고 싶은 말.

"혼자 다니세요." "혼자 다녀야 일이 벌어져요."

'영미투어' 때도 나는 중년의 숙녀분들께 꼭 혼자 오시라고 강조한다. 친구 손잡고 오면 친구의 얼굴만 보게 되고 그렇게 되면 여행의 참맛인 '나를 들여다보기'가 어렵다는 얘기를 한다.

나와 만나는 시간을 위해 여행하는 건데, 친구와 이야기하느라 나를 놓칠 수 있다. 그리고 혼자 여행해야 자연을 더 깊게 바라보게 되고, 다른 사람의 내면도 들여다보면서 진정한 나를 만날 수 있다. 친구의 얼굴은 평소에 보면 되는 것이고 여행할 때만큼은 혼자 걷고, 혼자 밥 먹고, 혼자 일정을 정하고 혼자 잠자리에 들자.

외롭지만 그 외로운 시간만큼 반드시 성장한다고 믿는다.

영미투어 때는 일정을 끝내고 항상 와인 타임을 갖는데, 그 시간에 다들 꽁꽁 숨겨져 있던 나를 털어놓는다. 친구가 옆에 있다면 오히려 할 수 없는 이야기들…. 익명의 나로서 차마 내놓지 못했던 나를 털어놓고 컥컥 우는 분들도 많다.

나 역시 2020년에 난생처음으로 혼자 제주를 여행하며 자유와 고독을 경험하면서 진짜 제주를 만나게 되었고 나의 제주 라이프가 그때를 계기로 시작되었다. 친구랑 가면 늘 하던 이야기를 할 수밖에 없고, 가족들과 가면 가족들 뒤치다꺼리하느라 피곤이 쌓인다. 종종 친구랑 여행 갔다가 싸워서 돌아와 관계가 멀어지는 경우도 있는데 각자의 자아가 서로 부딪히기 때문이다. 의견이 다르고 취향이 다르고 라이프스타일이 다르니 그럴 수 있다.

그러니 매번 혼자 다니란 말이 아니라 가끔은 혼자여도 좋다는 얘기다.

우리 부부는 서울과 제주로 떨어져 지내며 사이가 좋아졌다. 나 홀로 제주 집, 서울 집에 거하면서 남편의 소중함도 알게 되었고 애틋해지기도 하였으며 서로의 안부를 궁금해하며 사이가 살뜰해졌다는 뜻이다. 홀로 밥 먹고 홀로 영화 보고 홀로 와인 마시는 시간이 얼마나 쓸쓸하고도 소중한지 모른다.
쓸쓸함은 사람을 성장시킨다.
건너편에서 내가 나를 바라보는 시간. 꼭 필요하다.

부디 혼자 다니시라. 그래야 곁이 비어 있어 누군가를 만날 수도 있다. 여고 시절에 경험하지 않았는가. 혼자 걸어갈 때 남학생이 쫓아왔던 경험.
향단이가 없어야 이 도령이 내게로 오지.

꼭?

예전엔 뭔가를 이룬 사람을 좋아했으나 이젠 성취를 하느라 자기를 잃어버린 사람이 무섭다.

산 정상을 '꼭' 밟아야 등산인가.
마라톤은 '꼭' 끝까지 완주해야 하나.
공부는 '꼭' 1등 해야 하나.
기업은 '꼭' 톱이 되어야 하나.
결심은 '꼭' 이루어야 하나.
책은 '꼭' 끝까지 읽어야 하나.
계획은 '꼭' 이루어야 하나.

'꼭'은 목표일 순 있으나 목적은 아니다.

산꼭대기까지 오르지 않아도, 도중에 주저앉아 저 구름 흘러가는 것도 보고 물소리 새소리 듣다 저물녘에 내려오면 되는 거지. 정상에 태극기 꽂아봤자 그게 다 무슨 소용인가.

"내려올 때 보았네 / 올라갈 때 보지 못한 그 꽃"이란 시구처럼, 구멍만 바라보고 공 넣느라 골프장이 바닷가에 있는지, 무슨 꽃이 피었는지, 단풍이 땅거미처럼 드리웠는지도 모르는 경우, 혹 없는가.

인생은 반드시 올라야 하는 산이 아니라 광야다.
어느 방향으로, 무얼 향해, 누구와 함께 가는지가 더 중요한 광야.

땀 흘리며 혼자 올라가 정상에서 "야호~!"를 외치는데 곁에 아무도 없으면, 자랑할 이 아무도 없으면, 같이 손잡고 흔들어줄 사람 없으면… "내가 어떻게 여기까지 올라왔는데!" 씩씩거려 봤자 허무만 낭자할 뿐.

목표를 향해 가느라 목적을 잃어버리면 안 되는데 목표

를 이뤄 따낸 왕관이 스스로를 무너뜨리는 족쇄가 되는
건 아닌지. 내려올까 두려워 목적 없이 자꾸만 오르는 건
아닐지.

나의 목적은 무엇인지… 자꾸만 되물어야 한다. 왜, 어찌
하여, 나 지금 어디?

속도보다 과정이다.

송년회 단상

연말 송년회로 다들 바쁘다.

서로의 유대를 확인하고 소속감으로 안도하고 우리가 남이 아닌 것을 확신하며 지위와 계급을 과시하기도 하는 자리들.

끊임없이 맥주와 소주를 혼합하고 와인 잔을 돌리고 나름 개발해 낸 건배사로 귀청이 흔들린다. "진달래 합시다! 진-진짜... 달-달라면... 래-내한테 줄래?" "우리는 가족이야! 가, 하면 족같이 합시다! 가- 조까치!" "평생 마누라와 애인이 만나지 않도록 건배~!" 이런 건배사를 좋다고 외치고 술잔을 강요하며 청각만 시끄럽게 하는 송년회는 가는 해와 함께 아듀 해야 한다.

누구를 향한 것도 아닌 허망한 외침으로 튀는 침과 함께 각자의 레이더를 쏘아대는, 결단코 대화가 아닌 데시빌 높은 소음들.

탁자에 올라온 가짓수 많은 안주들은 맛볼 겨를도 없이, 미감이란 걸 느껴볼 틈도 없이 술과 섞여 들어가 탄수화물이 지방으로 변환해 간다.

목적 있는 관계는 머리와 가슴이 따로 논다.
이익으로 뭉친 관계는 이익과 함께 사라진다.
일방적 애정으로 이어진 관계는 지쳐간다.

몇몇의 부자가 궁금해 교류한 적이 있는데 결국 밥 먹는 내내 부자의 돈 자랑을 듣느라 밥이 식어갔다. 부자에게 얻어먹는 밥은 귀가 시끄럽다.

송년회의 밥, 부자에게 얻어먹는 밥은 이제 사양하고 단둘만의 송년회를 하는 편인데 그것도 이제는 '평소에 만나 따뜻한 밥 한 끼 먹자'로 바뀌었다. 남들 다 만나는 연말에 뭐 정리할 게 그리 많다고 부질없는 시간을 내나 싶어서, 남들 다 주고받는 크리스마스, 연말, 명절에 선물을 주고받고, 식상한 문자들을 보내고 받는지 싶어 그냥, 문득 시절 인연이 닿을 때 만난다.

사실 보고 싶어 죽겠는 관계는 자식과 애인뿐. 물론 애인도 그때뿐이고, 자식도 품안의 자식이지만.

해 가기 전 만나자.
설 지나고 보자.
꽃 피는 춘삼월에 연락하자.
바쁜 일 마무리하고 봐.
휴가 다녀와서 전화할게.

그렇게 뒤로 밀리는 관계는 어쩌면 장례식에서나 만날까 몰라.

자식도 멀리 있고, 애인도 없는 나는 오늘도 돈 벌러 강원도 정선에 간다. 레이스 달린 다홍색 커튼을 친 시외버스 타고 정선으로 향한다. 정선은 많이 춥겠지. 애오라지 정선 시장에 들러 콧등국수 한 그릇 먹을 시간은 있을까. 애인보다 밥이 중하다.

꼰대란 무엇인가

돌아가며 건배사 하기

위하여! 계속 외치기

행사장에서 인사말 길게 하기

남이 써준 축사 읽기

'바쁘신 가운데…' 같은 빤한 말 자꾸 하기

단톡방에 꽃 사진 올리기

색소폰 배워 아무 데서나 시키지도 않는데 불기

노래방 가서 '칠갑산' 같은 노래 길게 하기

사진 동호회에서 몇 번 출사 나가 사진전 하기

약속 시간보다 너무 일찍 도착하기

명절에 식상한 온라인 카드, 인사말 보내기

등산복 아무 데서나 입기

옛날의 용사 이야기 반복하기

어린 사람들에게 반말하기

앉으면 서열, 나이 따지기

눈곱, 입가 거품 끼는 거 모르기

웃어주면 좋아한다 착각하기

플래카드 앞에서 파이팅 사진 찍기

반짝이 붙은 자주색 넥타이 매기

처치 곤란 감사패 주기

무늬 있는 피케 셔츠 위에 체크무늬 재킷 입기

맨날 가는 곳만 가기

목덜미 넓게 입고 바지 길게 입기

남의 얘기 안 듣기

"결론은 뭐야?" 하며 닦달하기

항상 결론은 내가 정하기

마지막으로 자기는 절대 꼰대 아니라고 극구 부인하기.

나하고 놀자

얼마 전, 아는 대학교수께 충격적인 이야기를 들었다. 최근 강의 때 보면 학생들 대부분이 꾸벅꾸벅 졸고 있다는 것이다. 예전엔 점심 식사 후, 오후 강의 때만 몇몇 학생들이 졸긴 했으나 지금은 거의 대부분 학생들이 점심 이후가 아닌데도 졸고 있다는 것. 혹시 내 강의가 너무 지루한가 싶어 학생들을 면담했는데 거기서 생각지도 못한 의외의 충격적 사실을 알게 되었다고 한다.

넷플릭스나 드라마, 영화 다운로드가 늘면서 제 속도로 보지 않고 1.2배나 1.5배 혹은 2배속으로 빠르게 보고 있어 눈앞 교수의 말 속도가 너무 느리게 느껴져 졸음이 온다고 했단다. 헉!

하긴 영상도 제 속도로 다 보기 지루해 재밌게 편집된 '짤'이나 재가공해 패러디한 '밈'을 주로 보는 세대들이니 그럴 수도 있겠구나 싶다. 신문, 종이 잡지, 만화책, 수첩 등은 이젠 아날로그 구시대의 산물일 뿐인가. 하긴 극장에 안 가는 이유가 두 시간 동안 휴대폰을 못 봐서라고 하는 시대이니.

요즘은 자기 사진도 앱을 활용해 인위적으로 만들거나 아니면 아바타로 대신하는 시대. 몇 년 전 보았던 미래를 그린 드라마에서는 자기 얼굴을 보이기 싫어 인공적 얼굴 마스크를 착용한 채 대화를 나누고, 기계 속으로 들어가 죽은 사람을 만나고, 연애도 할 줄 몰라 귀에 이어폰 끼고 연애업체에서 지시하는 대로 손잡고 키스하고, 눈동자에 칩을 넣어 보이는 모든 것을 녹화해 기록하기도 하더라만 이런 것들이 이제는 다 현실이 되어간다.

또 한 가지 무서운 사실은 말을 잃어가는 세대라는 거다. 워낙에 문자나 채팅을 이용하기 때문에 상대와 대면해 대화로 의견을 전하는 방법을 모른다는 사실. 유선 전화가 사라져가지만 간혹 기업이나 기관에 전화해 뭐라도 상담하려 하면 기계적으로 훈련된 상담사의 형식적인 말투이거나 아예 대꾸 자체를 잘 못한다. 그저 "확인해 보겠습니다."라는 말만 되풀이할 뿐, 어찌할 바 몰라 벌벌 떠는 게 느껴진다.

요즘 세대는 앞에 앉아서도 말로 안 하고 휴대폰으로 대화하고 연락처도 SNS 계정을 주고받는 걸로 하니, 간혹 어리둥절 적응하지 못하는 나는 옛날 사람.

식당에서도 키오스크로 주문하고 식당 예약도 다 온라인, 건물 드나들 때도 QR 코드, 지도도 내비게이션, 음악도 스트리밍으로 듣고, 운전도 자율, 독서도 전자책으로…. 이젠 챗GPT까지 나와 인간을 대신해 모든 걸 해주는 시대가 되었으니. 휴우….

그러나 이것이 현실. 시대를 탓할 순 없지. 쫓아갈 것은 쫓아가고, 아닌 건 포기할 수밖에.

요즘 세대들은 또 아날로그를 NEW로 받아들여 레트로다, 빈티지다 좋아들 하고, 패션도 아버지 파자마 같은 옷들이 유행하니 세상은 단정할 수 없다. 젊은 세대들 나무랄 일도 아니고 한탄할 바도 아니다. 세대는 언제나 변해 왔다. 다만 갈수록 그 속도가 빨라질 뿐.

마냥 젊은 세대를 따라가려 억지를 부리기보다는 자연스럽게 내 속도로 적응해 나가는 건 어떨까. 모르면 물어보고 자꾸 해보기도 하고 그래도 안 되면 그냥 내 스타일로. 얼굴 주름을 없애려 너무 피부를 당기면 성형 괴물 소리를 듣는 거고, 젊게 입는다고 배꼽티에 트레이닝복 입으면 노숙자 같아진다. 배우 김혜자 씨는 표정 연기에 방해된다며 성형을 전혀 하지 않는단다. 안 그래도 존경스러운 배우인데 그 얘기를 들으니 더욱 대단한 배우란 생각이 든다.

가수 패티김의 백발도 얼마나 멋있는가. 패티김은 평생 저녁 6시 이후에 아무것도 먹지 않았다고 하던데, 그렇게 자기 관리에 철저한 분이 염색을 하지 않고 백발을 유지한다는 건 억지로 젊어 보이지 않겠다는 신념 아닐까.

"60세가 돼도 인생은 모른다. 나도 처음 살아보는 거니까. 나도 67세는 처음이야." 배우 윤여정 씨의 유명한 어록이다. 모르면 모른다고, 부러우면 부럽다고 솔직하고 위트 있게, 그러나 따뜻함을 잃지 않는 윤여정 씨의 태도가 신선한 충격으로 다가온 건 그동안 너무 어른인 척하는 어른들만 보아와서가 아닐까.

영화 〈네 번의 결혼식과 한 번의 장례식〉 등 1990년대 원조 로맨틱 코미디의 퀸, 앤디 맥다월은 얼마 전 인터뷰에서 염색을 하지 않는 이유에 대해 이렇게 밝혔다. "늙어가는 일에 왜 수치심을 느껴야 하나요? 저는 젊어지려 노력하지 않아요. 나이 들어가는 경험이 어떤 건지 느끼고 싶어요. 자연스러운 내 모습이 더 행복하거든요. 나는 젊고 싶지 않아요. 젊어봤잖아요. 수치심으로 낭비할 시간이 없어요."

물론 염색을 하고 안 하고가 중요하다는 얘기는 아니다. 다만 젊어지려는 데 쓸데없는 에너지 소비를 하지 말자는 얘기. 할 수 있는 한 건강과 몸매와 피부, 머릿결을 가꿀 필요는 있으나 젊음이 정답이고 나이 듦은 부끄러움이 아니라는 생각은 분명하다. 나의 지나온 삶에 대해 자존감 있게 당당하게 여겨주자.

젊음과 늙음은 누가 정하는 게 아니다.
젊은 늙은이도 있고 늙은 젊은이도 있다. 형형하고 순순

56

한 낯빛과 아이 같은 호기심으로 눈빛이 반짝인다면 그대는 젊은이다.

늙음은 죄가 아니다. 시간은 공정하고 공평하다. 부자의 시간도, 가난뱅이의 시간도, 어른도 아이도, 남자도 여자도… 누구에게나 1분은 60초이고, 하루는 24시간이다. 나이 듦은 죄스러운 일도 아니고 눈치 볼 일도 아니다. 젊은이도 늙고, 늙은이는 젊었었다. 젊은이들에게 자꾸 기웃거리지 말고 맘 맞는 사람들끼리 놀자. 놀 사람 없으면 그냥 나랑 놀면 된다. 나 자신과.

나는 농담처럼 얘기한다. "우리나라 62세 중 내가 젤 잘 놀고, 젤 예쁘다!" 농 아니다. 진짜다. 내가 나랑 잘 놀고, 내가 나를 예뻐해야 남도 나랑 놀고 싶어 하고, 나를 예뻐한다.

나의 작은 사치, 택시

나에 대한 작은 배려로 가능한 한 택시를 탄다.

대개 의상과 소품 등 짐이 많아 걷는 게 힘들고 지하철 갈아타고 버스 노선 확인하는 게 너무 복잡하기 때문. 가끔 지하철역에 가면 딱 방금 상경한 시골 노인네가 된다. 머리가 빙빙 돌고 당최 어디로 가라는지 알 수도 없고, 마구 쏟아져 나오는 인파에 이리 밀리고 저리 밀리고 하는 게 영 힘에 부친다. 비행기는 비즈니스 클래스를 못 타도 서울에서 택시 정도는 타는 게 나를 위한 자그만 배려다.

보통은 카카오택시를 부르는데 이게 머피의 법칙이다.

빈 택시가 없을 것 같아 택시를 부르면 눈앞에 열 대쯤의 빈 택시가 지나간다. 먼저 오는 택시를 냉큼 잡아타고 싶지만 나름 의리를 지키고자 끝까지 예약 택시를 기다린다. 기사님은 나의 의리를 모르겠지만. 반대로 빈 택시가 많을 시간이라 카카오택시를 부르지 않으면 그때는 꼭 택시정류장에 줄이 백 미터.

오늘이 그랬다. 부산에서 출발해 서울역에 내렸는데, 며칠 전 그 시간에 빈 택시가 많았던 기억으로 택시를 예약하지 않았더니 비는 줄줄 오는데 빈 택시는 하나도 없고 택시 줄은 좀체 줄어들지 않고 하필 남편은 제주에 가 있고…. 울고 싶었다.

어찌어찌 어렵게 택시를 예약했더니 길 건너 기다리라 했다가, 건넜더니 아니, 다시 건너라, 그쪽이 아니다, 돌아와야 하니 좀 더 기다려라…. 트렁크 끌고 가방 메고 쇼핑백 들고 지친 몸은 고됨이 극에 달해 곧 쓰러질 것만 같았다.

그러나 인생은 반전. 기사님은 내가 라디오 꺼달라고 했더니 탁 꺼주고 몸소 트렁크 내려주고 따뜻하게 인사말까지 건네주신다. 하마터면 "기사님~ 어디 가서 우리 소주나 한잔하실래요?" 할 뻔했다.

인생은 언제나 머피와 샐리 사이에서 줄타기 한다.

비싼 스카프를   샀다

비싼 스카프를 샀다.

한참을 망설이다 패브릭의 질감, 색감, 패치워크, 끝에
대롱 매달린 와펜 등등이 운명처럼 내 것으로 여겨졌다.

두 마음이 싸웠다.

'이 돈이면 애들 한 달 용돈인데.' '집 월세 절반….' '이 정
도면 자동차 리스비잖아.'

'오래전 망설이다 산 그 스카프도 지금까지 잘 쓰고 있잖
아,' '좋은 스카프는 옷 한 벌 값이지만 옷보다 더 오래,
더 가치 있게 사용하기도 해.' '내가 그렇게 힘들게 돈 벌
어 스카프 하나 제대로 못 사?'

혼자서 생각이 이쪽으로 저쪽으로 널을 뛴다.

샀다. '인생 뭐 있어?' 하면서.

집에 오니 아들이 미술관 도슨트 아르바이트를 간다며
옷을 챙겨 입고 나간다. 그동안 얼마 벌었냐 하니 고장
난 휴대폰 수리비만큼은 벌었다 한다.

갑자기 미안해져 스카프를 옷장 깊숙이 숨겼다.

아무것도 안 하고 쉬고 싶다?

"만일 내가 돈이 많아서 아무 일도 안 하고 여행 다니고 쇼핑 다니고… 그러면 행복할까?"

"아니, 당신은 아무 일도 안 하는 걸 가장 못하는 사람이 야. 당신은 양로원 가서도 대장 노릇 하며 이 할아버지, 저 할머니 부추겨 일 벌이고, 무인도 가서도 해적들 꼬드 겨 재밌는 작당 모의할걸."

오늘 아침, 남편과 나눈 대화다.

나는 하는 수 없어 일을 하는 사람일까?
생계를 위해 등 떠밀려 일을 하는 걸까?
일을 해도 재미나게 하는 사람일까?

일을 안 하면 못 사는 사람일까?

근데 가끔은 정말 아무것도 안 하고 쉬고 싶다.

아니, 솔직히 돈 버는 일은 안 하고 싶다.

누가 생활비만 주면 진짜 띵가띵가 놀기만 하고 싶다.

가끔은 상상한다.

내가 재벌가의 며느리로 들어갔다면? 백화점 하나쯤 물려받아 명품 매장 관리하느라 아침마다 머리 불고데 하고 천천히 백화점 층층을 돌고 있을까. 호텔 하나 맡아 허리 숙인 직원들의 인사 받으며 해외 정상 만찬 차질 없게 하라 지시하고 있을까. 아니면 여자는 집안살림 잘하고 남편 보필만 잘하면 된다는 보수적 집안이라 시부모님 식사하실 때마다 앞치마 두르고 두 손 모은 채 대기하며 국의 온도를 체크하거나 숭능 끓여내고 있을까. 쇠고기는 성북동 어디, 과일은 신세계 본점, 떡은 대치동 어디어디에서 받아 와 에르메스 식기에 곱단하게 담아내고 있을까. (나, 드라마를 너무 많이 봤어. ㅎ) 그러고는 돈 걱정이라곤 없이 '시골 촌년 팔자 폈구나, 에헤라디야~' 하고 있을까?

시골 학교 다니던 어릴 적부터 남자애들 휘어잡으며 놀

던 내가, 아버지가 일찍 돌아가셨어도 기 한 번 죽지 않았던 내가, 대통령 영부인 하라 하면 대통령이 돼야지 왜 영부인이 되냐며 반문하던 내가, 돈 많이 못 번다며 결혼 반대하던 엄마에게 돈이야 내가 벌면 되지 하며 결혼을 감행했던 내가, 재벌집 참한 며느리가 가당키나 하겠는가. 시어머니께 '이런 건 시대에 맞지 않사옵니다' 하며 대들다 쫓겨 나왔든지, 내 발로 걸어 나왔을 것이다. 분명.

요즘 영미상회라는 SNS 공동 구매 사이트를 운영하며 내가 MD에 소질이 있구나를 느낀다. 내가 좋아하는 것들, 디자인이 특별한 제품들, 곁에 두면 쓰임새가 있는 물건들, 진짜 맛있는 식재료들을 찾아내고, 재능 있는 아티스트와 디자이너를 발굴해 소개하며 제대로 정직하게 농사짓는 농부들의 판로가 되어주고 있는데, 그런 감각과 진심이 많은 이들에게 호응을 얻고 있는 것 같다.
그래서 돈 안 되는 제품들도 영미상회에서 소개하며 보람과 의미를 느낀다. 만드는 이가 좋아하고 사는 사람들이 즐거워하면 그게 그리 기분이 좋으니 나는 평생 가만 놀고먹을 팔자는 아닌가 보다.
지금 영미상회에서 소개하고 있는 비비도따 아이스크림

64

도 이탈리아에서 커피머신 수입만 수십 년 하다 진짜 퀄리티 좋은 아이스크림을 시작했는데 재료비와 배송비에 너무 투자를 많이 해 '팔수록 어쩌면 손해'라는 말에 '이런 좋은 브랜드는 없어지면 안 돼!' 하면서 불끈 힘을 내 열심히 홍보하고 있다.

오늘 강릉에 온 것도 가루로 막장과 된장을 만드는 작은 회사를 취재하기 위해서인데 먹어보고 알아보니 신기하고도 몸에 좋은 우리 고유의 식재료라 막 신이 난다. 막장이 가루가 되고 고추장이 되고 된장이 된다니 세계적으로 뻗어 나갈 것임이 분명해 보인다.

오늘 오후엔 양양으로 넘어가 굉장히 좋은 해양 심층수 소금을 생산하는 곳에 들르기로 했다. 내가 직접 먹어보고 써보고 브랜드의 진정성과 오너의 마인드에 공감해야 자신 있게 소개한다는 원칙으로 전국 곳곳을 다니며 제품을 만나는 게 이토록 즐겁고 기쁘니 백화점 다니며 신상 쇼핑에 열 올리는 것보다, 골프 연습한다며 어디서고 손 휘두르는 것보다, 저 빌딩이 내 빌딩이다 하며 부동산 투자에 열 올리는 것보다 이렇게 방방곡곡 훠이훠이 다니며 좋은 장소, 건강한 먹을거리, 예쁜 제품들을

발견하고 알리는 게 더더욱 신나니… 재벌집 며느리 못
된 거 원통할 일 아니지 싶다.

결론은, 나는 아무 일도 안 하는 건 가능치 않은 걸로.
그 옛날 맞선 본 재벌집 남자, 가끔 TV에 나오던데 낯빛
이 많이 어둡더라. 부부 사이가 좋지 않다는 소문도 있
고. 안 하길 잘했지.

나의 청소 일대기

내 엄마는 청소가 취미였다. 하루에 세 번 걸레와 빗자루를 들고 탈탈, 반질 청소를 하시고, 아침에 자고 일어나면 이불을 죄다 걷어 펄썩펄썩 먼지를 털어내셨다. 그러고는 마룻바닥과 전축 위의 먼지를 현미경 들여다보듯 세심히 관찰하고 나서 나노 분자 크기만큼의 먼지라도 보이면 또 마른걸레를 손에 들었다.

엄마는 딸 방에도 가차 없이 쳐들어와 구석구석 닦아내셨고, 속옷까지 빨아 다림질해 착착 개켜 각 잡아 서랍에 넣어주셨다. 부엌살림은 또 어찌나 깔끔 단정했는지, 불고기 재운 것이라든가 파 송송 썰어 날짜까지 적어 냉동칸에 쟁여두셨고 싱크대 주변과 욕실 세면대에도 물 한 방울 자국조차 용납하지 않았다.

언니와 나는 엄마가 외출에서 돌아오실 즈음엔 초비상

이었다. 외출에서 돌아오시면 늘 어질러진 집 안 꼴을 보고는 혼을 내셨기에 어린 자매는 엄마가 들어오시기 전, 후다닥 정리를 하고 엄마의 눈이 되어 먼지를 살폈더랬다.

조금 컸을 때였던가. 하루 세 번의 청소는 너무 지나치다고 엄마에게 정중히 건의했더니 엄마는 잠시 생각하시고 내게 되물었다. "그래도 되는 거니? 그럴까⋯." 그 이후 엄마는 청소를 하루에 한 번으로 줄이며 청소로부터 해방되었고 딸은 청소 집착증 엄마로부터 해방되었다.

결혼을 했다. 남편 집 분위기는 우리 집과는 영 딴판이었다. 물건의 제자리는 없었고 설거지는 대충 편할 때 했으며 청소는 이따금씩의 행사였다. 그런데 시댁 식구들은 아무렇지도 않게 화목하였다. 남편은 정리 정돈이라고는 필요성을 못 느끼는 청소 무관심자였고 나는 청소 강박증 집안으로부터 편편한 가정으로의 편입 과정에서 대혼돈을 겪었다.

이제 정리 정돈의 달인 친정엄마는 요양원에서 투병 중이고, 결혼 28년 동안 쌓이고 묵힌 나의 살림살이는 도저히 내 힘으로써 정리 불가 상태다. 일하고 와서 쓸고 닦고 청소하기엔 나 너무 나이 들어 기력이 달렸다. 집은 점점 아수라장이 되어 집인지, 창고인지 구별이 안 돼 잠을 자도, 쉬어도 머릿속이 한 짐이었다.

새해 결심은 대청소였다. 하루면 될 줄 알았던 것이 꼬박 4박 5일이 걸렸다. 버리고 또 버렸다. 아까워서, 언젠가 쓸 것 같아 못 버리고 이고지고 다녔던 잡동사니들 한 트럭은 내다 버렸다. 여기저기 굴러다니는 박스 테이프만 10개가 넘었고, 까만 티셔츠는 라벨도 안 뗀 것이 수두룩, 유통 기한 지난 화장품과 물욕으로 사재기한 소품들과 먹지도 않을 각종 건강 기능 식품들, 까만 봉지에 얼려둔 냉동식품들이 세상 속으로 굴러 나오며 나의 발등을 찍었다. 내 속의 탐욕을 목도하는 것은 쓰라렸다.
'숙원 사업'이었던 며칠간의 청소 대장정을 마치고 나니 내 집이 좋아졌다. 집이 아주 넓어졌다. 작은방 구석에 있던 책상을 거실로 옮겼다. 1년째 미루고 있던 집필이 드디어 이루어질 것 같다. 아침에 커튼을 열고 밖을 바라보니 베란다 짐으로 가려져 있던 미루나무 숲이 보인다. 이제 아침이면 커피를 내리고 클래식 라디오를 켜고 책상에 앉는다. 비로소 숨이 쉬어진다.

올해 운세는 보나마나 운수대통이다. 청소로부터 시작
되는 새해, 시작이 좋다.

일상이 기적이다

오렌지빛과 블루가 스미고 저며 드는 석양이 아름다운 한남대교를 건넜다. 그러나 감탄할 새도 없이 앞뒤로 차들이 쌩쌩 달려들어 옆으로 고개 돌려 석양을 바라볼 여유가 없었다.

오늘도 미친년 널뛰듯 하루를 보냈다. 아침 일찍 이태원동 주민센터부터 시작해 도슨트로 잠시 일하고 있는 청담동 빈티지 가구 숍 헨리베글린에 가 손님을 맞이하고 유튜브 촬영을 하다 판교까지 운전해 미팅을 하고 나서 다시 강남행.
끊임없이 말을 뱉어냈고 찰나의 생각이 스쳐 지났으며 실망과 희망과 원망이 차례로 오갔다. 통장의 돈은 뭉텅이로 빠져나갔고 들어올 돈은 어디선가 막혀 있으며 살아낼 미래에 대한 불안과 살아온 생에 대한 후회, 그 중간 어디쯤에선가 나는 곡예사 줄타기하듯 오늘을 간신히 버텨냈다.

아파트 주차장에 차를 세우고 한참을 앉아 있었다. 오늘같이 몰아친 일정을 보낸 날에는 차에서 쉽사리 내리질 못한다. 오늘의 말과 오늘의 사람들이 줄리안 오피의 그림처럼 머릿속을 유영한다. 부자들은 가진 돈을 지키느라 낯빛이 어둡고, 없는 이들은 내일의 양식 걱정 때문에 맘이 어둡다. 내 친구의 아들은 막 연애를 시작해 얼굴에 홍조를 띠고 있고, 친했던 동료 한 명은 삶이 비루하다며 스스로 세상을 등졌다. 청첩장과 부고장이 순차로 날아들며 태어나고 죽고 시작하고 끝내고 다치고 낫고 깨어지고 이어지는 삶.

크게 기뻐할 일도, 크게 슬퍼할 일도 없는 평범한 하루를 보냈다고 여겼는데, 생각해 보니 그렇지 않다. 청담동 좁은 골목을 아슬아슬 운전해 가며 값비싼 외제차를 긁지 않았고, 난폭하게 달리는 대형 트럭들 틈에서 고속도로를 무난히 들고 났으며, 사 들고 온 빈티지 스탠드 조명이 깨지지 않고 무사히 집에 안착했다. 점심을 굶을 뻔했으나 지인이 사 온 김밥으로 끼니를 때울 수 있었고, 포도즙 한 박스와 가방을 선물 받았으며, 두 아들의 안위를 짧게나마 확인하였고 남편의 복잡한 심부름에 짜증 내지 아니하였다.

좁은 골목을 지나다 외제차를 긁으면 손해가 그 얼마나 막심하고 일이 복잡해지겠는가. 광폭한 고속도로에서 자칫 한눈팔아 대형 트럭이 스치기만 했어도…. 아찔 덜컹. 큰맘 먹고 구입한 이탈리아 조명을 뒷자리에 겨우 실었는데 갓등이라도 부딪쳐 깨졌더라면 얼마나 속이 쓰릴 것인가. 시간이 없어 점심을 굶었더라면 배고픈데 귀찮은 심부름 시킨다며 남편에게 짜증을 부렸을 것이고 어쩌면 짜증이 싸움으로 번져 화가 치밀어 올라 사람들에게 날 선 말들을 쏟아냈을 터이다.

오늘은 그런 일들이 벌어지지 않은, 몹시 매우 퍽 행운의 날이었다. 더 좋은 일들이 일어나지 않은 평범한 하루가 아니라 살얼음판 같은 생의 한가운데를 지나며 불행할 수 있는 수만 가지 불상사가 일어나지 않은, 기적의 날이었다.

이탈리아 빈티지 스탠드 조명에 불을 밝혔다. 불빛이 따뜻하다. 이 불빛 아래 앉기까지 감사와 축복과 기적이 내게 쏟아져 내린 걸 이제야 깨닫는다.

오늘은 플러스 데이

날밤 새우다시피 하고 아침 방송 마치자마자 차 몰고 김포공항으로 직행. 주차장이 그리 넓은데 어째 내 작은 경차 한 대 댈 데가 없는지. 몇 바퀴 돌고 나서야 겨우 주차하고 공항 라운지에 도착하니, 새벽 5시부터 움직이며 먹은 거라곤 커피 한 잔뿐이라 급 시장해 어묵우동 한 그릇 시켜 단무지와 먹었다.

유리 꽃병과 도자기 그릇, 무모한 집 돌부엌에 걸 당근 모양의 스테인드글라스 작품 등 깨지기 쉬운 물건이 캐리어에 들어 있으니 화물로 부치지 못하고 핸드 캐리, 거기다 무거운 옛날 버전의 노트북, 비닐로 된 큼지막한 숄더백까지 어깨에 메고 있어 손에 든 짐만 세 개.

난 왜 이렇게 늘 짐이 무거울까. 어깨가 빠질라 한다.

그 와중에 영미상회 제품에 차질이 있어 전화 통화 백

번, 카톡 백 개···. 온라인 구멍가게 사장 일도 녹록지 않다. 신경이 곤두서 심한 짜증과 울화가 심장을 방망이질 요동친다.

며칠 전, 먼저 제주 내려갈 때 짐 좀 가져가라 했건만 당근이랑 감자 파는 거 마무리해야 한다며 꽁무니 내뺀 남편이 못내 원망스럽다.

남들 남편처럼 사진이라도 잘 찍어 판매에 도움을 주든지, 요리를 잘해 특기로 활용하든지, 아니면 힘들 때 운전이라도 해주든지, 그것도 안 되면 기사라도 붙여줄 능력이라도 되든지, 말이라도 고분고분 잘 듣든지, 4대 독자인데 받을 유산이라도 뭐 좀 있든가···. 게다가 자기주장은 또 어찌나 강한지 내가 의견을 내면 꼭 토를 단다. 요즘은 그깟 당근, 감자 농사지어 판다고 어찌나 유세를 떠시는지··· 젠장.

오늘의 힘겨움이 몽땅 다 남편에게로 화살이 쏠린다.

잠 못 자 허옇게 타들어 가는 나의 뇌엔 해야 할 일과 못다 한 다급한 숙제들, 부랴부랴 짐 싸서 나오느라 어지럽혀진 집 안, 뉴욕에서 잠시 다니러 온 큰아들에게 해줘야 할 것들, 지난 세월에 대한 회한과 서러운 신세 한탄으로 그야말로 엉망진창 뒤죽박죽.

내 인생은 완전히 마이너스다.

그러나 마이너스가 있으면 플러스도 있는 게 삶의 이치. 뉴욕 프랫에서 건축 전공 중인 아들이 가장 가고 싶은 건축 회사 세 군데에 인턴 지원서를 넣었는데 세 군데에서 다 오라는 합격 통지를 받고는 즐거운 고민 중이란 연락이 왔다. 나 잘되는 것보다 자식 잘되는 게 참 기쁨이란 거, 엄마들은 다 동감할 게다. 이 기쁜 소식에 은박지 구겨지듯 쪼그라진 내 뒤웅박 팔자가 순식간에 수소 풍선처럼 화라락 펴졌다.

비행기 짐칸에 낑낑대며 캐리어를 올리는데 내 힘으론 도저히 불가. 스튜어디스를 불러야 하나 고민하는데 뒤쪽의 멋쟁이 신사 한 분이 덜렁 캐리어를 들어 선반에 올려주네! 내릴 때도 난감해 자리에 멈칫 서 있는데 그 신사가 먼저 말없이 다가와 짐을 내려줘 얼굴 빨개지도록 연신 감사 감사. 캐리어를 내려주며 서로 손끝이 스치듯 닿았던가, 아니었던가….

제주공항에 내려 걸어가는데 뒤통수가 땡기며 걸음이 꼿꼿해진다. 혹여 그 신사가 나를 지켜보고 있진 않을까? 커피 한잔하자고 하면 할까? 제주엔 여행 온 걸까? 말끔한 정장을 입은 걸로 봐선 비즈니스 미팅? 아니면 나처럼 세컨드 하우스 생활? '저는 동쪽 종달리에 집이 있는데 당신은 어디 사시나요?' 물어보고 싶었다. 싱글일까, 돌싱일까, 유부남일까…? 참 내, 짐 한 번 내려줬다고 상상력이 내처 달린다.

앗, 맞다, 나의 당근 농부 남편이 마중 나와 기다리고 있지. 내 팔자에 로맨스는 무슨.

무모한 집에 오랜만에 오니 봄 새순이 푸릇푸릇 돋아 있다. 앞마당의 감나무 이파리가 연한 잎을 삐죽 내밀고 있네. 뒷마당 월계분꽃나무에도 눈송이 같은 하얀 꽃이 사르르 피어나 있다.

게다가 더욱 기쁜 소식은 화장대 위의 흰 봉투닷!
남편이 농사지어 번 돈을 넣어 거기 올려두었다고.
세상 다 좋고 다 나쁜 날은 없다.
하루에도 수차례 사인 코사인으로 천당과 지옥을 오가

는 게 인생.

봄비 솔솔 내리는 제주.
봄 이파리의 연둣빛.
화장 지운 말끔한 내 얼굴.
청회색 저녁이 오는 소리.

불안과 불만으로 펄럭이던 나의 심장에 스멀스멀 평화
가 온다.
얼핏 주판알을 튕겨보아도 오늘은 플러스 데이.
마이너스에서 플러스까지 오는 데 길고도 짧았던 하루
가 이렇게 저문다.

열심이라는 덫

'열심이라는 덫에 갇혀버린 영미 씨.'

채널A〈오은영의 금쪽상담소〉에 나갔을 때 들은 말이다. 평생토록 열심 하나로 칭찬받았고, 열심으로 인정받아 왔는데…. 나, 열심 빼면 남는 게 하나도 없는데 그게 덫이라니….

유치원 다닐 때부터 학창 시절, 직장 생활 하는 동안, 아니 지금까지 지각, 펑크 한 번 내본 적이 없다. 아나운서 시절에는 새벽 방송을 무려 7년 동안 진행하면서 눈이 오는 날이면 전날 밤 출근해 책상에 엎드려 쪽잠을 자며 생방송을 고수하였고, 춘천MBC 시절엔 맹장이 터질 정도로 참고 앉아 방송을 하다 응급실에 실려가 급히 맹장

수술을 했을 만큼 지독한 책임감이 있었으며, 개인적인 약속에도 항상 30분 전에 나가 상대를 기다리는 게 습관일 정도로 시간과 약속을 철저히 지켰는데, 그런 내가 지나친 열심의 덫에 갇혀 있었단 말인가….

예전에 친한 지인이 이런 말을 한 적이 있다.
"영미 씨 옆에 있으면 너무 뜨거워 타 죽을 것 같아."
농 반 진 반이었겠지만 사실 난 그때 멈칫했었다. 나의 열심과 열정이 타인을 힘들게 할 수도 있겠구나. 내가 철저하니 남들에게도 철저를 강요했을 터이고, 내가 일찍일찍 서두르니 늦는 사람에게 냉혹하게 대했을 것이고, 내 열심의 잣대를 남들에게도 똑같이 들이대며 얼마나 상대를 옥죄었을까. 그 사실을 왜 이제야, 어찌 이 나이에 깨달았을까. 깨달음은 항상 늦되다.

성실함과 책임감, 열심으로 살아온 지금까지의 삶이 나를 여기까지 이끌었으나 이제는 인생 후반전을 훌쩍 넘어섰으니 작전을 조금 바꿔볼 필요도 있겠구나 싶었다. 백 미터 달리기 하듯 숨차게 달려왔다면, 이제 천천히 체력 배분을 해가며 오래달리기로 패턴을 좀 바꿔본다거나, 오늘 할 일을 내일로도 좀 미뤄본다거나, '어떻게 그럴 수가 있어?' 하는 생각에서 '그럴 수도 있겠지…'로 말이다.

사람이 어떻게 다 나 같을 수 있겠어, 다 나 같은 사람만 있으면 세상 질리고 재미없어 어찌 살 수 있겠나.

"산벚꽃 환장하는 꽃 피는 산 아래, 밥 먹고 놀고 자면서 핸드폰 꺼놓고 확 죽어버리자 하면 같이 홀딱 벗고 죽어버릴 년 어디 없느냐"는 김용택 시인의 '우화등선'처럼은 못 살아도 잠시 휴대폰 꺼놓고 남산 길에 꽃 마중하러 나갈 정도는 숨길을 좀 트여놓아야지. '열심'이 쳐놓은 덫에서 살살 걸어 나가야지.

나의 열심, 그동안 애썼어!

2   볼수 있을때

보고

언제 한번 보자

"언제 한번 보자."

"밥 한번 먹자."

"놀러 오세요."

"연락할게."

"곧 봐."

그런 지킬 의지 없는 인사가 싫어 누가 "언제 한번 보자." 하면 쫓아가 "언제요? 지금 날 잡아요." 하며 진상을 부리고, "놀러 오세요." 하면 진짜 간다고 수선을 떤다.

"고객님 사랑합니다." 하는 상담사들의 영혼 없는 말, 그만 좀 하라고 주장을 펼쳤으나 어떤 사람은 하루 종일 전화 한 번 울리지 않아 낯모르는 상담사의 "사랑합니다, 고객님"이란 상투적인 말이라도 듣고 싶어 일부러 114

86

에 전화를 건다는 말을 듣곤 내가 잘못 생각했다는 걸 깨달았다.

끔찍하게 싫어하는 손가락 V도 누군가에겐 위로가 될 수 있고, '건강하세요'란 뻔한 인사도 누군가에겐 진짜 건강의 출발점이 될 법도 하고, 밥 한번 먹자는 말이 씨가 되어 관계의 싹이 트게 될 수도 있는데 말이지.
내가 나빴다.

먹고사는 일의 위대함

저녁 기차 타고 경북 김천으로 강의 가는 길. 날이 춥다.
구두와 도시락까지 싸 가느라 가방이 꽤나 무겁다. 키도
작고 팔다리도 짧고 뼈도 가늘어 짐은 언제나 내게 버겁
다. 더욱이 요즘 다이어트하느라 최소한으로 먹기에 늘
배고픈 상태. 그야말로 춥고 배고프다.
기차 차창을 통해 보이는 푸른 어스름의 저녁은 언제나
쓸쓸하다. 새벽과 저녁의 색깔은 언뜻 비슷하나 내음이
다르다. 새벽은 알싸하고 저녁은 매캐하지.

진행하던 프로그램이 막을 내리게 되어 며칠 전부터 얹힌
듯 가슴이 답답…. 프리랜서 생활 10년이 훨씬 넘었지만
맡았던 방송이 끝날 때마다 느끼는 아쉬움은 항상 같은
무게로 다가온다. 사람과의 이별은 마음의 생채기가 남지

만 하던 방송과의 이별은 마이너스 통장을 남긴다.

기차역에선 늘 그리움이 안개처럼 다가온다.
외로움과 그리움은 다르지.
외로움은 누구나 채워줄 수 있지만 그리움은 그 그리움
의 대상만이 채워줄 수 있는 거.

그러나 지금은 외로움과 그리움을 따질 때가 아니다.
굽어진 철로가 보이는 기차역 벤치에 앉아 괜한 전화를
돌린다.
"피디님, 저 요즘 시간 많아요. 같이 일 좀 해요~."
자존심은 없다. 내 새끼 키우며 먹고사는 문제에 자존심
은 무슨. 시장에서 장사를 하든, 넥타이 매고 지하철로
출근을 하든, 치킨 집에서 닭을 튀기든, 청소 일을 하든,
편의점에서 알바를 하든…. 먹고사는 일은 위대하다. 먹
는 건 쉬우나 먹고사는 일은 쉽지 않으니.

늦은 저녁나절의 퇴근 시간, 바지런히 횡단보도를 건너
는 사람들, 버스 정류장에서 다리에 힘 풀린 채 버스를
기다리는 사람들, 셔터 문을 닫는 고달픈 몸짓의 소리,

고단함을 눈 끝에 매단 채 지하철 입구에서 쏟아져 내리는 인파…. 다들 먹고사느라 애쓴다.

프리랜서를 시작하던 내게 모두가 하나같이 해주던 말.
"일희일비하지 마라."
그러나 일희일비는 프리랜서의 숙명. 일이 있는 날은 희, 없는 날은 비. 일이 있으면 몸이 비, 일이 없으면 맘이 비, 돈이 들어오는 날은 희, 돈이 나가는 날은 비. 어떤 날은 일비비비회, 또 어떤 날은 일희희비비비….

기차 안에서 엄마 생각이 났다. 내가 무거운 가방을 혼자 들고 기차 타고 버스 타고 김밥 한 줄로 끼니를 때우듯, 엄마는 서른여섯 청상과부 가장이 되어 시골 주유소에서 석유곤로에 밥을 끓여 먹고 야전 침대에서 쪽잠 자면서 한 대 한 대 차가 들어올 때마다 뛰쳐나가 주유를 하며 얼마나 힘들고 서러웠을까…. 나는 지금도 셀프 주유하는 주유소는 어려워 안 들어가는데 엄마는 오십여 년 전, 서른 중반의 나이에 노인네들 들고 온 석유통에 석유를 붓고 트럭에, 택시에 경유, 휘발유 넣으며 무겁게 생계를 책임지셨구나. 자식들 먹여 살려야 한다는 사명감으로 고달픔을 이겨냈을까.

자식은 굴레이자 힘!

'어떻게든 되겠지'와 '어떻게 살아야 하나'.

그 막막한 불안과 막연한 기대 사이에서 외줄타기 하는 생계형 가장 딸의 컥컥함도 엄마의 인생과 어찌 그리 닮아 있는지.

가을도 깊어가고 상념도 깊어가고 주름도 깊어간다.

이번 주말, 요양원에 면회 가서는 엄마 손 따뜻하게 잡아드리고 꼭 사랑한다 말해야지. 예순의 딸이 팔순의 엄마에게 처음으로.

바람이 분다, 살아야겠다

어젯밤 휴대폰이 고장 났다. 단지 16시간 동안의 불통이었는데 허둥지둥 불안 불편. 옛 애인이 '뭐 해? 자니?' 하고 문자라도 보냈을까 봐 조마조마했으나 불행히도 그런 기적은 없었고, 휴대폰을 고치자마자 바지런히 확인해 본 결과, 택배 기사의 문자 몇 통뿐…. '문 앞에 물건 놓고 갑니다.' 44만 원이 졸지에 수리비로 날아갔다.

요양원에 계신 엄마에게 면회를 갔다.
"엄마 나, 영미. 엄마 딸 알죠?"
엄마는 안다고 했다가 모른다고 했다가… 미동조차 없다.
가져간 핸드크림으로 손을 마사지해 드리며 "엄마 사랑해요~ 엄마 고마워요, 엄마 고생 많으셨어요~" 손을 붙잡고 소리치니 흐린 눈언저리가 얕게 떨린다.

"엄마, 누가 가장 보고 싶으세요?"

"엄, 어 엄 엄마…"

내 엄마도 생의 마지막엔 엄마가 가장 보고 싶구나.

엘리베이터 앞에서 헤어지며 "엄마 또 올게요, 건강하셔
야 해요~" 하니 무표정했던 엄마의 눈가에 눈물이 스친
다. 오늘이 마지막일지 모른다는 생각이….

휴지 가져간 거 한 통 다 쓰고 돌아왔다.

메일이 왔다. 얼마 전 여행지 촬영한 잡지사가 부도났단
다. 잡지사 팀장에게 문의하니 본인 월급도 몇 개월째 못
받은 상황이고 미안하다는 답변뿐. 놀러 간 셈 칠 테니
내 출연료는 신경 쓰지 말라고 했다. 나 역시 생활비가
시급하나 부도난 잡지사의 편집장이니 얼마나 이 사람
저 사람에게 닦달을 당할까, 그 당사자는 오죽 시달리겠
냐 싶어서.

다들 사는 게 전쟁이고 사는 게 다 아프다.

맥이 풀려 영 기운이 없지만 군에서 휴가 나오는 아들 먹
일 저녁거리 준비해야 하니 엄마답게 씩씩하게 일어나
야지. 내가 기운 없어 하면 온 식구가 처진다. 엄마는 아

플 새도 없는 법인데….

오늘 하늘은 유난히 파랗고 바람도 청신하다.
"바람이 분다, 살아야겠다!"
폴 발레리의 시가 생각난다.
바람만 불어도 살아야 하는 이유가 되는데,
나의 엄마도 엄마의 엄마가 보고 싶다는데,
내 아들의 엄마인 내가 살아야 하는 이유는 백만 가지.

사람을 소개한다는 것은

사람을 소개하는 일은 어렵다.

아니, 소개하는 일은 어렵지 않으나 소개 이후에 어려운
일이 곧잘 생긴다는 말이다. 일테면 내가 소개한 사람들
끼리 분란이 생기거나 그들이 나를 제쳐두고 자기들끼
리 더 친해진다거나 (이성일 경우 심각한 상황이 벌어질
수도 있다.) 한쪽이 다른 한쪽을 일방적으로 힐난한다거
나…. 그리하여 오해와 갈등이 빚어지며 그 둘을 한꺼번
에 잃어버리는 안타까운 일도 종종 생긴다.

소개로 단순히 끝나거나 셋이 잘 지내거나 그러면 좋으
련만, 관계란 늘 균형을 놓치고 한쪽으로 치우치기에 어
느 한 명 혹은 두 명 다 멀어지거나, 감정의 교란이나 오
해로 인해 돌이킬 수 없는 균열로 파탄이 나기도 한다.

그렇다면 사람 사는 세상에서 얽히고설키고 헤쳐 모이는 게 정상이고, 사람이 원체 감정의 존재인지라 순서 상관없이 자석처럼 한쪽으로 기울고 끌리기 마련인데 어찌 계량컵으로 깎아 재듯 관계의 균형을 맞출 수 있을까나.

어차피 관계에서의 주권과 기득권이란 게 은근슬쩍 밑바탕에 깔려 있긴 하지만 그걸 입 밖으로 내 주장하는 것도 우습고, 감정이란 건 흐르게 돼 있으며 커지기도 작아지기도 하는지라 내 맘대로 조정하지도 못한다.

그래서 좋은 의도로 소개하지만 결코 좋은 쪽으로만 귀결되진 않으니 사람 소개는 함부로 해선 안 되고 또한 상당히 조심스런 부분이라 생각한다.

나는 오지랖이 넓은 편이라 누가 누구와 잘 어울릴 것 같다거나, 둘이 서로에게 도움이 될 것 같다 싶으면 내 돈 들여서, 내 시간 내서 소개 자리를 마련한다. 그리하여 일이 잘된다거나 절친이 된다거나, 호감이 쭉 이어져 도움을 주고받거나 남녀 관계로 발전하는 경우도 상당히 있으나 그 둘은 자기들이 어떻게 만났는지 대개는 까먹는다. 그래서 나는 기회가 되면 상기시킨다.

"너희들을 만나게 해준 건 나다!!"
때론 우스갯소리로 다음부터는 깔끔하게 소개비, 인간
복비를 받아야겠다고 괜한 주장을 펴기도 하고.

"진짜 맛집은 나만 알고 연애는 귀신도 모르게 하라."는
말이 있는데 나는 그게 잘 안된다. 맛집이 있으면 SNS에
퍼 나르고, 좋은 사람 있으면 막 여기저기 소개하고 싶어
안달이 나니.

아, 근데 지금 나랑 친한 그녀는 누가 소개해 줬더라 까
마득…. 기억을 더듬어본다. 앗, 잊어버렸다. '미소를 띄
우며 나를 보낸 그 모습처럼' 아련하다. 선한 다리가 되
어준 알 수 없는 그에게 고맙고 미안하다. 어디선가 나와
친하게 지내는 그녀를 소개해 준 그가 나를 노려볼지도
모르겠다. '나를 빼고 자기들끼리 자알 놀고들 있네, 이
괘씸한 것들…' 하면서.

작은 게 좋아요

이상하게 끄트머리, 주목받지 못하는 게 좋다.

카페도 크고 럭셔리한 곳보다는 주인의 취향과 손길이 느껴지는 곳,

숙소도 편리하고 규모가 큰 곳보다는 아담하고 감각적인 공간,

식당도 가짓수 많은 뷔페보다 윤기 나는 반찬에 바글바글 된장찌개 한 그릇 내어주는 곳,

꽃도 강렬하고 화려한 한 송이 꽃보다 작고 어슴푸레 서로 어우러지는 꽃,

계절도 주인공 같은 오월과 시월보다는 살짝 비껴 나간 연둣빛 사월과 땅빛 십일월이 나는 좋다.

사람도 다 갖춘 완벽한 사람보다 상처로 그림자가 살짝

드리운 사람,

고백 같은 그늘을 지니고 있는 사람,

청산유수 말 잘하는 사람보다 더듬거려도 진심이 느껴지는 사람,

잘 관리해 팽팽한 얼굴보다 고난의 생채기가 파인 사람,

서울 사대문 안쪽 부잣집이 고향인 사람보다 개울에서 송사리 잡던 고향 추억이 있는 사람,

실연 한 번 겪어보지 못한 매정한 사람보다 짝사랑도 해보고 뼛속 깊은 사랑으로 지옥의 바닥까지 가본 사람이 나는 더 좋다.

밥값, 누가 내나요?

밥값은 누가?

나이 많은 사람
돈 많은 사람
먼저 만나자 한 사람
부탁하는 사람
성격 급한 사람
더 좋아하는 사람
직위 높은 사람
마음 약한 사람
한턱 쏠 일 있는 사람
남자, 여자.

나는 누가 밥 사는지 명확하지 않은 상황에서 만나는 게 영 내키지 않아 내가 밥값 낼 때는 꼭 미리 산다고 얘기하고 만나는 편이다.

가끔은 애매모호한 상황에서 계산할 타이밍까지 갔는데도 서로 주저주저하는 경우, 소위 계산할 때 신발 끈 길게 매는 장면을 종종 본다. 그것만큼 치사하고 곤혹스러운 일이 없다.

누가 사는지 알아야 거기에 맞는 식당도 정하고 메뉴도 정하는 건데 누가 사는지 명확하게 얘기되지 않은 상황에서 일단 시키고 먹으면 나는 먹는 내내 속이 불편해 참지 못하고 "오늘 누가 내는데?" 하고 묻거나 "오늘은 축하할 일 있는 네가 내라!" 하고 지정을 하기도 한다.

우리 나이 대는 왠지 N분의 1, 더치페이는 불편하니 만나기 전에 "오늘은 제가 쏩니다!" 시원하게 밝히고들 만났으면 좋겠다.

제일 꼴불견은 자기가 살 것도 아닌데 비싼 술이나 음식 남아돌게 막 시키는 사람, 제 돈 아까운 줄만 알고 남의 돈 아까운 줄 모르는 사람. 결격이다.

근데 돈이 있고 없고를 떠나 밥 사는 것도 습관인 듯싶다. 늘 사는 사람은 사고, 늘 얻어먹는 사람은 얻어먹고….

더 문제는 미안함을 모르는 경우다. 아무리 돈이 많은 사람도 주야장천 돈 내는 건 싫을 게다. 한두 번쯤 얻어먹으면 한 번쯤은 내는 게 맞지. 부자도 다른 사람이 사주는 밥 좋아한다.

한 가지 분명한 것은 비싼 밥 사주겠다고 졸라도 만나기 싫은 사람이 있고, 늘 내가 밥을 사도 자꾸 만나고 싶은 사람이 있다는 거. 나이 들어 지갑을 열어야 한다는 건 나이 든 사람은 안 만나주니 밥이라도 사라는 말이다.

그러니 나랑 밥 먹고 싶도록 내가 매력을 갖춰야 한다.

내가 아는 사진작가 한 분은 평생 밥값 내는 걸 보지 못했다. 그런데도 그를 만나려고 다들 줄을 선다.

그분에게는 일단 콘텐츠가 많다. 경험치도 많고 하나마나 한 말을 하지 않는다. 그의 말엔 귀를 기울이게 된다. 정확하게 판단해 주고 조언해 주며 다방면에 지식이 많은데 잘난 체도 하지 않는다. 게다가 재미있게 말한다.

아는 건 많은데 재미없게 말하면 꽝이다.

아는 것도 없는데 지루하게 말하면 끝이다.

집에서 누룽지에 김치만 먹더라도 재미없는 사람과 먹는 밥보다는 낫다.

그래서 나는 밥 사준다고 졸라도 재미없으면 안 만나고 재미있는 사람이면 귀 열고 지갑 열고 내가 먼저 연락해 만난다.

밥값, 누가 내나? 만나고 싶은 사람이 내면 된다.

대신 얻어먹는 사람은 밥값 하면 되고.

연합뉴스 김하연 기자가 SNS에 올리길, 본인 집 가훈이 '밥은 웬만하면 내가 산다. 밥값 아까운 사람은 안 만난다.'란다. 그 글에 '좋아요' 백 개 눌렀다.

외모보다 표정

난 나이 들수록 예쁘단 소리를 많이 듣는다. (재수 없
죠.ㅎ)
근데 진짜 예뻐서 예쁘다는 게 아니다.
나이 들어서 눈코입이 예쁘면 얼마나 예쁘겠는가.
나이 들수록 외모보다는 표정이기 때문이다.

아무 호기심이 없는 무표정이나 '산전수전공중전' 다 겪
어 나는 다 안다는 인생무상의 표정, 어째 그것밖에… 쯧
쯧쯧… 질타의 표정, 남 탓만 하며 너희들 땜에 내 인생
망쳤다는 억울한 인상, 인생 맘대로 되는 게 없다는 짜증
으로 이마에 내 천 자를 그은 표정…. 그런 표정이 더 나
이 들어 보이게 한다.

혹 내가 만일 예뻐 보인다면 그것은 밝은 표정과 몰두 덕분이리라. 난 한 사람을 만날 때 그 사람에게 온 정신을 집중한다. 지금 온 세상에는 내 앞의 바로 그밖에 없다는 생각으로 그를 바라본다.

본다는 것은 두 가지가 있다. 이를테면 see와 watch. 딴생각하며 그냥 쳐다보는 것과 상대의 말에 집중하며 이해하려는 표정은 하늘과 땅 차이.

사람은 영적인 존재라 상대가 지금 무슨 생각을 하고 있는지, 내게 호감을 느끼고 있는지, 내 이야기에 흥미를 느끼고 있는지 본능적으로 안다.

내게 호감을 갖고 있는 사람에게 나 역시 호감을 느끼는 것은 당연지사. 그러나 본심과 다른 표정으로 오해를 사기도 한다. "마음은 아닌데…" 그런 말 하지 말고 표정도 연습해 보자.

자, 일단 눈을 반달 모양으로 떠보라. 예를 들면 이효리의 눈을 떠올려보면 된다. 초승달처럼 눈을 스마일! 아마도 5년은 젊어 보이고 귀여워 보일 게다. 반달 모양으로 눈을 뜨면 눈에 웃음기가 번질 것이고 그런 표정의 사람에게 화를 낼 순 없다. 함께 미소를 지을 게다. 서로 웃는다면 아니 될 일도 성사되는 법.

다음은 눈에 따뜻한 힘을 주자. '따뜻한 카리스마'라고
한때 유명했던 말이 있지 않았는가. 따뜻하기만 해도 좋
은데 거기에 따뜻한 힘이 가해진다면 그 사람만의 파워
가 생긴다. 끌어당기는 힘, 매력이다. 말의 힘이 더해진
다는 것이다.
말은 듣는 것뿐 아니라 말에 의한 '행함'이 이루어져야
진정한 말의 힘이 생기는 것. 눈에 힘을 주되 무섭게 노
려보는 것이 아닌, 반달 모양의 눈에 호감과 공감을 듬뿍
실어 온기 그득한 힘을 주라는 말이다.

다음에는 거울을 보며 나의 입꼬리가 아래를 향하는지,
위로 올라가는지 살펴보자.
나이 들수록 모든 게 처지기 마련이다. 세월에 따라 근
육이 내려앉으니 어쩌면 그게 자연스러운 거다. 자연스
러운 게 좋긴 하나 입꼬리가 내려가고 인중이 길게 늘어
지면 심술 맞아 보이고 더 나이 들어 보이며 또한 우울해
보인다.

스피치 원칙 중에 '3 업'이 있다. 호감 가는 외모를 가지려면 세 가지를 올리란 말인데 입꼬리와 눈썹, 목소리 톤이다. 입꼬리를 올리란 말은 미소를 머금으란 뜻이고 미소는 당연히 호감을 불러일으키는 첫 번째 조건. 눈썹을 올리란 말은 감정 표현을 풍부히 하라는 뜻이다. 무표정하게 감정 없는 표정보다는 상대의 감정과 비슷한 거울 같은 표정을 지음으로써 공감력을 갖는 게 좋다는 얘기. 마지막으로 목소리 톤을 올리라는 말은 약간 높은 톤, 소위 도레미파솔의 솔 톤이라고 하는, 반가움이 느껴지는 반김성의 경쾌한 톤으로 말하라는 뜻이다.

말할 때는 윗니가 보이는 게 좋다. 지금 당장 거울을 보고 이야기를 해보라. 말할 때 윗니가 보이는지 아랫니가 보이는지. 구강학적으로 아랫니가 보이는 구조라면 어쩔 수 없지만 근육이 처져 아랫니가 보인다면 의도적으로 끌어 올릴 수 있다. 입꼬리를 올리면서 치약 모델처럼 스마일 해보면 얼마나 인상이 달라지는지 알 수 있을 것이다. 분명, 거울 앞에 나의 막냇동생이 서 있을 것이다.

얼굴에는 수십 개의 근육이 있다고 한다. 그러나 우리는 몇 개의 근육밖에 쓰지 않는다. 짜증과 분노… 그리고 무표정, 대체로 그렇다. 표정만 바꿔도 예뻐질 수 있고 어려 보일 수 있다. 우리가 보통 인상이 좋다는 얘기를 듣는 사람의 표정을 떠올려보라. 그의 표정이 밝고 미소가 넘치며 눈에 화사한 에너지가 담겨 있지 않은가. 상대의 말을 들으며 경외와 감탄, 기쁨, 환호의 감정을 담아 눈썹과 볼, 턱을 마구 움직이며 표현해 보자. 공감은 몹시 힘이 세다.

아나운서들은 말을 잘하고 예쁘다. 그러나 처음부터 그런 것은 아니다. 자기가 한 방송을 다시 보기 하며 표정이 어떤지, 제스처는 어색하지 않은지, 자세는 올바른지… 무수한 모니터링을 통해 훈련한 결과다. 보통 사람들도 그렇게 자기를 들여다보면 잘 말하게 되고 예뻐질 수 있다. 카메라로 계속 찍어보면 좋겠지만 그게 현실적으로 어려우니 상상으로 모니터링을 하는 거다. 지금 나를 촬영하고 있구나 생각하며 자세도 바르게, 말도 정확하게, 표정도 풍부하게 해보자. 나의 입장이 아닌, 상대의 눈으로 순간순간 나를 객관적으로 바라보는 것. 나를 내가 의식하자는 말이다. 처음엔 어렵지만 이것도 습관이 될 수 있다. 내가 아는, 가장 좋은 스피치 습관이다.

예쁨은 오래가지 못한다. 외모는 세월과 함께 낡아진다. 그러나 표정은 오래간다. 어떤 사람의 인상을 결정하는 것은 단순한 외모가 아니라 그 사람의 감정이 드러나는 표정이라 생각한다. 화장을 하고 성형을 하고 피부 관리, 통장 관리만 할 게 아니라 표정 관리부터 하자. 표정 관리를 하는 데는 돈도 들지 않는다. 밝고 따뜻하고 풍부한 표정은 호감을 증가시키고 나이를 줄인다.
예뻐지는 가장 쉬운 방법이다.

나한테 관심 없다

언니와 둘도 없는 친구는 남편과의 사별을 몇 년이나 숨
겼다. 누가 자기를 무시할까 봐. 남편 먼저 보낸 박복한
년이라 욕할까 봐.
내 지인은 이혼하고 몇 년 넘게 암막 커튼 치고 집에서
못 나왔단다. 이혼녀라 손가락질당할까 봐. 뭘 잘못해 이
혼했냐 숭숭댈까 봐.
또 다른 지인은 아이가 대학 떨어졌는데 남부끄럽다고
붙었다 거짓말하고 누가 알까 몇 년을 전전긍긍하였다.

남편이 실직해도 입 꽁꽁,
딸이 이혼하고 돌아와도 입조심,
집 없는 거 알까 봐 내 집인 척,
입양한 거 들킬까 봐 철렁철렁,

가짜 명품 백 알아볼까 조마조마.

고향 숨기고
나이 속이고
학벌 바꾸고
성형 감추고
있는 척, 가진 척….

근데 사실, 알고 보면 우린 남의 일에 관심 없다. 그러기엔 너무 바쁘다. SNS만 봐도 기껏 상세히 정보를 써놔도 댓글로 같은 사실을 되묻는다. 여기 어디예요? 어디서 사요? 이게 뭐예요?
남의 글, 자세히 읽지 않는다. 남의 말, 자세히 듣지 않는다.

만날 때마다 남의 자식 나이 묻고
늘상 첫째, 둘째 헷갈리고
언제 제대하느냐 묻고 또 묻고

하고한 날 하는 말이 어디 사냐, 언제 왔냐, 언제 가냐, 밥 먹었냐….

그냥 묻는다. 할 말 없어 하는 거다.

무모한 집 유튜브에도 집 산 거 아니고 렌트한 거다 수없이 밝혔는데도 산 거 아니냐, 돈 없다며 수리비 왜 그리 많이 쓰냐, 미친 거 아니냐, 돈지랄 한다…. 별의별 댓글이 많다. 제일 웃기는 댓글은, 목사가 얼마나 돈 많이 버는 줄 아냐? (제발, 부디 그러했으면.)

벽돌 한 장 보태주지 않으면서 이러쿵저러쿵 잔소리, 난 신경도 안 쓴다. 지나가는 훈수꾼은 내 인생에 점 하나도 찍지 못한다.

내 인생은 내 맘대로다.

그러니 눈치 보지 말자.

결혼을 세 번 하든 네 번 하든, 내 자식이 뭐가 되든, 내가 집이 있건 없건, 내가 성형을 하든 말든, 비싼 명품 백을 사든 말든….

남의 말은 사흘을 못 간다고 하지 않나.

연예인 가십만 봐도 며칠 지나면 다들 까맣게 잊는다.

"남이 보면 뭐라 하겠냐."

"남들이 우릴 뭘로 보겠니."

"남부끄러워서…."

남의 암보다 내 감기가 더 아프고

남의 나라 전쟁보다 내 아이 성적이 더 중하다.

요만큼 살아보니 남은 나에게 관심 없더라.

가뜩이나 기억력 떨어져 오늘 점심 뭐 먹었는지도 알쏭
달쏭한데, 남의 일에 관심 하나도 없다.

남도 그렇다.

인연이란

순전히 나 한 사람으로 비롯된 인연은 없다.

지금 내게 소중한 인연을 되짚어보면 그 한 사람을 만나기까지 끝도 없이 얽힌, 성글거나 촘촘한 인연의 고리들이 연결의 그물망을 이뤄왔다. 마치 거울 속의 거울이 끝없이 이어지듯.

그 연유를 좇다 보면 아마도 인류의 기원에까지 도달할지도 모른다.

지금은 원수가 되어 이름조차 기억하지 못하는 어떤 이가 선연의 다리가 되어주기도 하였으며, 어느 날 귀신처럼 나타나 인간 다리가 되어주고는 사라진 엑스트라 1, 2, 3이 맺어준 귀한 인연도 있으며, 드라마 〈도깨비〉의 전 생애 걸쳐 죽어도 죽지 않는 주인공인 양 끊어질 듯

이어지는 가늘고 긴, 지긋한 인연도 있다.

만나지 말았어야 하는 악연.
만나지 않았으면 어찌 될 뻔했나 하는 선연.
꼭 만나야만 하는 필연.

인연에도 수명이 있다. 그러니 '시절 인연'이란 말이 생겼나 보다. 아무리 좋아하고 퍼주며 온 맘을 다해도 시절 인연의 매듭이 풀려버리는 건 어쩔 수 없는 일. 만나고 싶어도 아니 만나지는 때가 있고 절로 만나지는 때가 있다잖나.

인생은 버스 같다. 버스에 올라타 금세 내리는 사람이 있는가 하면, 끝까지 동행하는 사람도 있다. 내 발을 밟는 인간이 있는가 하면, 내 짐을 들어주는 사람도 있다. 출발 정류장이 있고 종점이 있으며 각기 버스에서 내려야 하는 정거장과 시간이 다르다.

목마르다고 바닷물 마실 수 없듯이 인연은 조급할 수 없다. "억지로는 안 되어. 아무리 애가 타도 앞당겨 끄집어 올

수 없고 아무리 서둘러서 다른 데로 가려 해도 달아날 수 없고 잉. 지금 너한테로도 먼 길 오고 있을 것이다. 와서는 다리 아프다고 주저앉겠지. 물 한 모금 달라고."

『혼불』에서 최명희 작가는 억지로 끄집어낼 수도 없고 달아날 수도 없는 인연을 이야기한다. 원수 같은 악연이 만나게 해준 선한 필연, 순정으로 맺어진 인연이 가슴 뜯는 화로 변색되는 악연. 그러니 독약같이 엮인 악연을 통탄할 것도, 피보다 진한 인연을 놓지 못해 눈물 흘릴 일만도 아닌 것.
어찌 아는가. 와서는 물 한 모금 달라고 주저앉는 또 다른 인연이 지금 어디선가 자분자분 내게로 달려오고 있는 중인지.

아직도   일희일비

대출 연장하러 은행에 갔다. 그깟 일 년 연장하는데 초본과 사업자등록증, 세금증명 등등 챙겨야 할 서류가 많다. 집으로 돌아오는 길, 삶이 구차하고 비루해 거리에 주저앉아 엉엉 울고 싶었는데 이태원 앤티크 숍 앞에 꽃분홍색 접이식 패브릭 의자가 눈에 띈다. 아, 제주도에서 차에 싣고 다니다 바닷가 어디든 휙 펴고 앉으면 딱 좋겠다 싶어 이만 원에 두 개 얼른 들고 왔다. 이케아 빈티지라 다신 구할 수도 없다는 주인 말에 냉큼.

집에 오니 아들이 어제 만난 선배 얘길 한다.
80억 원짜리 건물을 가진 선배인데 맨날 어떻게 살아야 할지 모르겠다며 자기에게 하소연한다고. 80억 원이면 매일매일 몇 백만 원씩 꺼내 써도 평생 못 쓸 텐데 뭘 걱정일까 싶어 우리 모자는 서로 바라보며 부러움 섞인 웃음을 웃었다.

80억 부자 선배를 둔 아들에게 나는 5천 원 심부름 값을 주고 당근마켓 2만 원짜리 중고 '책 모양 조명' 직거래를 부탁했다. 제주 무모한 집 책장에 두면 근사할 것 같아서.

예산도 없이 덜컥 렌트해 수리비 생각하면 머리 아프다가도 수리할 집이 있어 행복하고, 교육비 생각하면 심장이 컥컥하다가도 건실하게 타지에서 잘 적응하고 있는 두 아들 생각하면 든든하고, 대책 없이 살아갈 나날을 가늠하면 근심이 차오르다가도 살아온 생을 뒤돌아보면 감사할 일 천지.

앉아서 울다 웃다
누워서 천국 지옥을 오가다
머리로 쌓았다 허물었다….

어제 강원도 화천에서 가져온 다래는 그새 진녹색으로 익어 말캉해졌는데, 과실 숙성되듯 사람도 나이 들면 좀 편편히 말랑해져야 마땅하건만, 나 어느새 지천명에서 이순을 지나고 있지만 아직도 하늘의 소리를 듣지 못하며 귀가 열리지 못하여 일희일비 여전히 시소 타는 아이 어른.

단둘이　만난다는 것

단둘이 만난다는 것, 비즈니스 관계가 아니라면 쉽지 않다.
너댓 명이 만나 일상의 얘기를 쏠라쏠라 나누는 게 편한
사람도 있고, 열 명 넘게 우르르 만나 당최 무슨 얘기를
나누는지 주제도 없고 그저 명함 돌리며 네트워킹에 열
을 내는 걸 즐겨 하는 이도 있고, 단둘이 만나 너와 나의
이야기를 속닥이는 걸 좋아하는 사람도 있으며, 단체 회
식만 하면 신이 나 건배사 시키고 침 튀기며 소맥 마는
법에 소주병 따는 신묘기를 자랑하는 사람들 또한 분명
있다.

예전의 나는 둘의 만남을 어색해했다.
연인이 아니라면 굳이 둘이 만나 한 뼘 거리로 진입해 긴
시간, 정면 눈 맞춤 하는 게 자연스럽지는 않았다. 탁구공

오가듯 줄곧 대화를 이어가는 데도 에너지 소비가 크고.
그러나 언제부턴가는 셋도 많게 느껴졌다.
셋의 말꼬리가 겹쳐졌고 둘과 하나, 하나와 둘, 관계의
불균형이 드러나게 되면 시샘과 질투로 불화가 생기기
마련이었고, 둘 사이 이해의 폭이 셋으로 확장되어야 함
에 피곤이 스며들었다.

그런데 둘의 만남은 여전히 쉽지 않다.
꼭 단둘이 만나야 할 만큼 절실하지 않고 둘이 만나 어색
하지 않을 자신이 없으며 둘이 만나 할 얘기도 그리 많지
않고 둘이 만나자 할 만큼 곁이 가까운 사람이 드물기 때
문일까.
관계의 자만은 넓이에서 오고 관계의 공허 또한 확장에
서 오는데, 우린 그간 넓이와 숫자에만 집중하느라 관계
의 깊이를 잃어버렸는지도 모른다.
둘이 만나야 비로소 그의 인생 자전거(^^)가 내 안으로
한 걸음 들어올 수 있고, 둘이 만나야 내야 할 밥값도 줄
어드는데….

충고보다는   밥

충고는

하고 싶어도 하지 말고

그래도 꼭 하고 싶어도 하지 말고

너무너무 하고 싶어도 하지 말고

정 하고 싶으면…

그래도 하지 말라는 말을 어딘가 책에서 본 기억이 있다.

우리는 상대를 위한다는 명목으로

어쩌면 너보다 내가 더 낫다는 전제하에 충고를 저지른다.

나도 누군가의 충고가 듣기 싫은데

누군가인들 나의 충고가 달갑겠는가.

충고로 고칠 수 있었으면 벌써 고쳤겠지.

그리고 각자의 경우와 상황과 역사가 다른데

타인의 경험치로 무슨 충고가 가당키나 하겠는가.
'너나 잘하세요~'가 진리다.

충고할 시간에 밥이나 사자.

제발   혼자 보세요

아침마다 좋은 글 보내주시는 분께 천 번을 망설이다 거
절의 회신을 보냈다. '저, 사다 놓고 읽지 못한 책이 너무
많아요.'

젊은 시절, '고도원의 아침편지'를 읽으며 감동한 세대라
그런가. 하지만 그대는 고도원이 아니다.

사랑하는 연인의 문자는 골백번 읽고 또 읽어도 좋지만
불특정 다수에게 보내는 뻔한 글, 꽃 사진, 동트는 장면
은 달력으로도 충분타.

확인되지 않은 가짜 뉴스들 제발 퍼 나르지 마시길.
내 판단은 내가 한다.

남 보기엔 똑같이 생긴 손주 사진도 당신의 감동이지 모두의 감동은 아니다.

너와 나여, 부디 청하지 않는 충고나 청하지 않는 사진과 글은 노 땡큐!

아는 사이와 친한 사이

"나 그 사람하고 친해." 한 지인은 이 사람과도, 저 사람과
도 다 친하다고 하도 말해 이젠 그의 말을 믿지 않는다.
반면에 늘 이렇게 말하는 친구가 있다. "나 그 사람 잘
몰라."
아는 것과 친한 것?
이 화두는 모임에서 곧잘 주제로 등장하기도 하는데, 언
젠가 들은 얘기가 인상적이었다. "지금 당장 전화해 옆
자리에 앉힐 수 있는 관계가 진짜 친한 사이다."

또 하나, 친한 관계일수록 돈 거래는 하지 말라고 조언하
지만 돈을 꾸어줄 수 있는 사이가 진짜 친한 관계라 생
각한다. 돈이야말로 함부로 손 내밀지 못하는 절박한 사
안인데 친한 친구 아니면 그 누구에게 말할 수 있겠는가.

가족에게도 선뜻 말 못 하는 게 돈 얘기인데.

언젠가 들은 이야기인데, 두 친구가 있었다. 맨날 화장품 사업으로 돈을 까먹는 친구가 어느 날 교수인 친구랑 같이 짬뽕을 먹는데 사업가 친구가 밥을 못 먹더란다. 그래서 교수 친구가 "너 무슨 일 있니? 왜 밥에 집중을 못 하니?"라고 물었단다. "부도 직전이라 2억 원이 필요한데… 방법이 없다."라는 사업가 친구 말에 교수 친구는 "나는 교수라 신용이 좋으니 내가 한번 빌려볼게." 하더니 바로 은행에 가 돈을 빌려 부도를 막아줬단다. 그 후에도 두어 번 교수 친구는 돈을 빌려 사업가 친구를 도왔고, 오랫동안 그 돈을 돌려받지 못했다고 한다.
그러나 화장품 사업을 하던 그 친구는 결국 마스크 팩이 대박 나고 중국까지 진출해 지금은 이름만 대면 알 만한 중견 화장품 브랜드의 회장이 되었다. 그 교수 친구를 직접 만날 기회가 있어 내가 물었다. "그때 꿔준 돈은 돌려받으셨어요?" "물론이죠. 몇천 배로 받았습니다…."

유안진 작가의 「지란지교를 꿈꾸며」를 보면 친함이 무엇인지 잘 나와 있다.

"저녁을 먹고 나면 허물없이 찾아가 차 한 잔을 마시고 싶다 말할 수 있는 친구, 입은 옷을 갈아입지 않고 김치 냄새가 좀 나더라도 흉보지 않을 친구, 비 오는 오후나 눈 내리는 밤에도 고무신을 끌고 찾아가도 좋을 친구, 악의 없이 남의 얘기를 주고받고 나서도 말이 날까 걱정되지 않는 친구…."

나 나름대로 친한 관계란 어떤 관계인가 생각해 본다.
통화 가능하냐고 묻지 않아도 되고, 바빠서 그냥 팍 끊어도 상처받지 않고,
식당에서도 한쪽 다리 구부리고 편히 앉아 있어도 되고, 입가에 국물이 묻어도 무심히 가리키고, 밥값도 따박따박 더치페이 하지 않으며 있는 쪽이 내고, 그래서 미안한 거 알고 언젠가 갚으면 되지 하며 마음먹는,
떠나자 할 때 굶어죽지 않을 정도면 일 미루고 따라나서서 잘 왔다 손뼉 치며,
스튜어디스건 스튜디어스건, 에베레스트이건 에레베스트이건 맞다, 안 맞다 따따부따 따지지 않고 콩떡같이 얘기해도 찰떡같이 알아듣는,
저 인간 나쁘다며 입에서 불을 내뿜으면 밥풀 튀기며 편

먹고 같이 싹뚝 끊어버리고,

집에 놀러 오면 빨랫감 발로 쓰윽 밀어놓고 종일 드러누워 드라마 보며 '쟤도 늙는구나, 못생겼다, 저걸 연기라고 하냐, 너무 고쳤다…' 맘껏 지껄이며 있는 반찬 다 꺼내 양푼에 막 비벼 먹는,

'그때 그거 있잖아~' 하면 금방 알아듣는,

예의상 예쁘다, 멋있다, 말 안 해도 되고, 살 좀 빼라, 배나왔다, 늙었다… 막말해도 되고,

네가 잘나가도, 내가 잘나가도 눈 한 번 찡긋 감으며 엄지 척,

누가 감히 우리 사이 흠 못 보는,

그런 사이가 진짜 친한 사이.

'아는 사이'는 언젠가 쓸모 있을 듯해서, 혹은 알아두면 필요할 것 같아 냉동칸에 음식 쟁여두듯 쌓아놓는 관계. 그래서 호감이 없어도 참고 만나는 관계, 머리와 마음이 따로 노는 관계.

성공한 사람이란 '만나고 싶지 않아도 되는 사람을 안 만나도 되는 사람'이라고 했던가. 나이 드니 시간이 젤 소

중하다. 그 소중한 시간에 만나고 싶은 사람만 만나도 시간이 부족할 텐데 말이지.

넓은 거 필요 없다. 깊은 게 좋다. 넓고 깊게? 그건 포클레인에나 맡기고!

"아는 사람 자랑 말고 친한 사람 잘 챙기자."

나의 모토다.

버리는 게   남는 거

요즘 버리는 데 맛 들였다. 새해를 맞아 집 정리를 하면서 살림살이 반은 버렸다.

아직 쓸 만한데 버리긴 아까워서, 망가진 것도 아니고 멀쩡한데 어떻게 버려… 혹은 물건에 대한 추억 때문에, 이걸 얼마에 샀는데… 하는 본전 생각 때문에 못 버리고 그동안 쌓아두었던 것들을 이번에 과감히 다 버렸다.

결혼 생활 30년, 현재의 집으로 이사 온 지 6년.
언젠가 쓸 일이 있을 거란 생각으로 쟁여두었던 것들. 그러나 그 언젠가는 결코 오지 않았다. 수십 년간 창고 안에서 숨도 못 쉰 채 웅크리고 있던 나의 탐욕의 증거물들과 맞닥뜨리는 일은 결코 쉽지 않았다. 아, 조그만 창고에서 어찌 그리 많은 물건들이 화수분처럼 쏟아져 나오는지. 언제 어디서 샀는지 기억조차 나지 않거나 생전 처음 보는 것 같은 낯선 물건들, 쓸모는 없는데 공짜라고 넙죽 받아 와 쟁여놓은 것들, 백화점에서 9만 5천 원어치 샀는데 10만 원 채우면 사은품 준다는 말에 억지로 뭐 하나 더 사서 악착같이 받아낸 냄비나 프라이팬 등의 사은품들은 채 박스를 뜯지도 않았고, 남 주긴 아까워 일단 넣어두었다가 유효 기간 지난 지 몇 삼 년인 화장품과 곡식, 건강식품들이 나를 노려보며 원망하는 것만 같았다. '남한테라도 주면 잘 쓰고 잘 먹잖아, 이 욕심꾸러기야!'

창고의 물건들을 꺼내 거실로 늘어놓고 보니 난지도 쓰레기 더미처럼 산을 이뤘다. 먼저 분류 작업. 정말 필요한 물건인가. 고개가 갸우뚱하면 ×, 그럼에도 버리려 하니 손이 떨려 버리려고 내다 놨다가 다시 들여놓기를 수차례. 앞집에서 이사 가냐고 물을 정도였다.
편의점 몇 군데를 돌아 초대형 쓰레기봉지 수십 장을 사서 버리고 또 버리고…. 처음엔 아깝다는 생각도 들었지만 버리다 보니 속이 후련해졌다. 물건 있던 자리가 비어가니 공간이 넓어졌다. 자꾸 버리니 자꾸 더 버리고 싶어졌다. 나중엔 좀 더 버릴 게 없을까 두리번두리번.

버리기에 맛을 들이니 물건 사는 데도 신중해진다. 뭔가 사고 싶을 때 언젠가 버릴 것 생각하면 쉬이 사게 되질 않는다.

하나 사면 하나 버리기. 하루 한 개 버리기.

언제든 떠날 때 트렁크 하나에 모든 필요한 것을 다 넣고 달랑 들고 갈 수 있도록, 나 혹시 갑자기 죽어 누군가 유품 정리할 때 심플하고 쉽게 정리할 수 있도록, 나의 탐욕의 수치를 들키지 않도록 이제는 쓱쓱 잘 버리기.

근데 오늘 낮에 성수동 지나다 본, 봄날 화사하게 입을 원피스 한 벌 자꾸 눈앞에 아른거려 비우기만 하는 건 아무래도 안 될 것 같다. 비우고 채우고 또 버리고… 그러는 게 인생이지 뭐.

3   갈 수 있을때

가고

영미투어, 영미상회

우리 어머니 때 여자들의 이름은 명자, 미자, 경자… 끝에 '자' 자를 붙이는 게 유행이었고 나 어릴 적엔 '미' 자가 많았다. 경미, 선미, 은미….

나는 영미다.
옛날엔 영미란 이름이 너무 촌스러워 엄마에게 이름 바꿔달라고 떼를 쓰기도 했는데 지금은 그 이름이 정겹다.
제주에 살며 친구들이 오면 남들이 모르는, 남들이 못 가는 근사한 장소를 안내하다 보니, 어느 날 자연스럽게 그들의 입에서 "묻지도 따지지도 않고 믿고 따라나서는 영미투어 최고다!"라는 말이 튀어나왔다.
그래서 그 말 그대로를 나의 SNS에 썼더니 얼마 후 여행사에서 연락이 왔다. 실제 사람들을 모아 오프라인 영미투어를 해보자고. 그래서 처음으로 돈을 받고 여행을 안내하게 된 것이 영미투어다.

영미투어 1기의 여행지는 제주였다. 제주공항부터 끝까지 함께하며 10분의 허튼 시간도 없이 일정을 짰다. 귤밭을 빌려 바비큐를 하고, 조천에 사는 가수 강허달림의 집 마당에서 차를 마시고 그녀와 함께 아무도 모르는 뒷산을 트래킹하고, 양재중 셰프와 진여원 제주 음식 전문가를 모시고 키친이 멋있는 펜션에서 근사한 디너를 펼치기도 하였고, 〈나니아 연대기〉에나 나올 법한 비밀의 숲, 사유지인 구실잣나무숲을 우리끼리 프라이빗하게 걸었고, 평대리 홍반장인 석희 삼춘의 안내로 누구도 가보지 못한 하도리 천국인 구릉을 다녀오기도 했고, 나의 제주 무모한 집 뒷마당에서 고기를 굽기도 했다. 버스에선 내가 고른 음악들로 디제잉을 하며 감성을 돋우고, 관광지 맛집이 아닌 제주도민만의 동네 맛집을 소개하였으며, 손수 호박 수프와 삶은 달걀을 만들어 아침을 대접하며 그들의 속내와 점차 가까워지게 되었다.

그렇게 중년의 숙녀들 소리에 귀를 기울이다 보니 자연

스레 우리 시대 영미들의 아픔에 동감하게 되었고 둘러 앉아 서로의 이야기에 귀 기울이며 인생의 한 자락에서 용기와 결단을 하게 되었다는 피드백을 얻었다.

'처음으로 혼자 떠나 왔다.' '남편의 허락 없이 여행을 통보했는데 이게 해보니 되더라.' '이혼을 했는데 아무에게도 말 못 했으나 말하고 나니 시원하다.' '일을 시작할 용기를 얻었다.' '내가 비로소 내가 된 것 같다.'

기적이 일어난 거다. 우리는 바닷가에서 춤추고, 자연에 취하고, 거침없이 뛰고, 미친 듯이 웃고… 서로의 등을 어루만져 주었다.

부산, 거제도, 남해, 여수, 서울, 제주… 일본을 거쳐 이제 영미투어 10기까지 왔다. 매번 신청을 받을 때마다 5초 만에 마감이 되어 이제는 대기자가 줄을 잇는 인기 프라이빗 여행 프로그램으로 완전히 자리 잡았다.

영미상회 또한 자연발생적이었다. 2021년 가을쯤, 리빙 인테리어 전문가인 권은순 언니가 제안했다. 디스플레이하고 남은 예쁜 꽃병이 꽤 있는데 인스타그램을 통해 한번 팔아보지 않겠냐고. 장사는 해본 적이 없는지라 주춤했더니 요즘 다들 SNS를 통해 공동 구매를 하는 추세니 부담 갖지 말고 재미 삼아 한번 해보라고 권유했다.

은순 언니랑 함께 언니 집에서 꽃병에 꽃도 꽂으며 라이브도 하고 예쁘게 사진 찍어 실제 써본 경험을 공유했더니 호응이 꽤나 괜찮았다.

'어? 이것도 재밌는 일이네~. 영미투어도 하고 있으니 이건 영미상회라고 이름 붙여 한 달에 한 번씩만 내가 좋아하는 아이템을 소개해 볼까?'

그렇게 영미상회는 시작되었다.

단, 원칙은 내가 좋아하는 것, 많이 써보고, 먹어본 것들만 소개하기. 오너의 마인드가 건강해야 하고, 알려지지 않았으나 디자인이 좋고, 재능 있는 아티스트들의 작품을 소개할 것. 돈이 앞서지 말 것. 재미를 추구할 것. 무리하지 말 것.

그리하여 2년이 지난 지금은 한 달에 2~3개의 아이템을 선정해 소개한다. 묻지도 따지지도 않고 믿고 따라나서는 영미투어와 마찬가지로 묻지도 따지지도 않고 믿고 사는 영미상회가 되어 무조건 내가 소개하는 것들을 믿고 사는 고객들이 늘어났다.

제주 한치부터 톳장, 뿔소라, 흑돼지, 한라봉, 골드키위까지 제주와 관련된 식품들을 비롯해 디자인이 좋은 멀티탭, 홍신애 셰프의 파김치, 양재중 셰프의 어란, 부산 대저토마토도 인기가 좋았고, 예산에서 착하게 농사짓는 딸바보농장의 루콜라는 없어 못 팔고, 혼자서 열심히 디자인하고 생산, 택배까지 맡아 하는 박영두 디자이너의 새 모양 커터칼은 9천 원이라 가격도 부담 없고 해서인지 지금까지의 영미상회 제품들 중 가장 많이 팔린 아이템으로 기록 중이다.

영미상회를 하다 보니 사람에 대한 고마움을 알게 되었다. 내가 뭐라고 내 말을 믿고 지갑을 열며 그러면서도 좋은 제품을 소개해 주어 고맙다 말하는 사람들. 메시지로 '맛있다. 잘 쓴다, 감사하다'고 먼저 말 건네는 영미상회 패밀리들…. 그분들 덕분에 없던 힘도 내고 때론 울컥 감동이 밀려오기도 한다. 그래서 이제 영미상회가 아닌 영미상생을 또 시작하려 한다. 대가 없이 좋은 먹거리와 제품을 소개하는 상생 프로젝트. 어딘가에서 정직하게 땀 흘리며 이로운 먹거리를 생산하는 농부와 재능 있는 작가의 멋진 제품들을 소개하는 일. 영미상회 이전에도 늘 해왔던 거지만 이제 '영미상생'이란 이름하에 본격적으로 해보려 한다.

누군가 상을 차려 놓으면 시간과 돈, 체력을 들여 찾아와 주고, 격려해 주고, 물건을 구매해 준다는 건 엄청난 베풂이 아닐 수 없다. 혼자 독도에서 '금빤쓰' 입고 잘난 체해 봤자 아무 소용없다. 다들 서로 기대고 손 내밀고 세워주니 사는 거다.

영미상회 온라인 구멍가게(^^) 사장으로서 이제는 영미상회 로고도 만들고 내 이름으로 된 제품도 만들고 싶은 욕심이 나지만 차근차근, 순리대로. 아나운서에서 여행 큐레이터, 영미상회 사장까지… 인생은 의도한 대로 가지 않으니 목적을 세워놓고 가는 연역법이 아니라 가다 보니 목적지까지 도달하는 귀납법인 듯하다.

촌스럽다고 싫어했던 내 이름이 만만해 영미투어, 영미상회에 쓰이고 있는 게 참 신기하다. 다들 영미란 이름이 좋다고 한다. 영미는 윤영미만이 아니다. 이 시대 모든 중년의 숙녀를 지칭한다. 우리 시대를 살아가는 모든 영미들에게 나 이렇게 말해주고 싶다. 꾸준히 가다 보면 꼭 좋은 일이 생길 거라고, 영미의 전성시대는 곧 온다고. 이 시대 모든 영미들 파이팅!!

군겐도와 임주기

군겐도에 다녀왔다. 영미투어에서 해외여행을 갈 수 있다면 그 첫 여행지로 일본 군겐도를 가겠다고 결심했고 그 결심은 곧 실행으로 이어졌다. 출발은 역시 '들음'에서 비롯되었다. 몽스북 대표인 안지선 편집자와 만나 지금 쓰고 있는 이 책의 기획을 논하던 중 여행 이야기가 나왔고, 일본 군겐도가 인생 여행이었다는 이야기가 그녀의 입에서 흘러나왔다.

군겐도? 섬인가? 아니란다. 일본인들도 잘 모르는, 찾아가기 힘든 외진 산골 마을이란다. 그렇다면 더더욱 가봐야지. 그때부터 나의 군겐도 호기심은 시작되었다.

군겐도는 두부 장수 어머니 밑에서 자란 마쓰바 토미라는 여성이 오래전 은광으로 번성하였으나 버려진 땅이었던 남편의 고향 시마네현 오모리 마을에 정착하면서 '옛것을 살리고 그 위에 새로운 삶을 더하자'는 의지로 온기가 느껴지는 물건을 만들어내면서 복원해 낸 회복의 땅이다.

포목상을 하던 시어머니의 자투리 천으로 소품을 만들면서 시작된 일은 40년 가까운 세월이 흘러 살림도구와 패션을 아우르는 리빙 브랜드로 성장했는데, 낡고 버려진 걸 되살리자는 삶의 방식을 제안할 뿐만 아니라 몇백 년 된 민가들을 복원해 옛 생활 방식 자체를 보존해 내며 마을을 일군 점을 인정받아 유네스코 세계 문화유산으로까지 등재되었다.

2023년 4월, 드디어 군겐도로 가는 하늘길이 열렸다. 전세기가 뜬다는 거다. 무조건 영미투어 예약! 군겐도 관련 책 두 권을 사서 메모하고 줄쳐 가며 읽었다.

오래된 것, 버려진 것, 쓰던 것에 대한 애착 그리고 그 위에 새로운 것을 더하는 삶을 추구하는 그녀의 삶의 철학이 어쩌면 그리도 나와 같은지…. 만나기도 전에 나는 이미 토미 여사님께 반해버렸다. 나 역시 옛것, 손때 묻은 것에 대한 가치를 알고 옛 물건들을 사 모으며 제주 무모

143

한 집에 그것들을 실현시키고 있지 않은가. 이뿐만 아니라 그녀의 책『우리는 군겐도에 삽니다』에 나오는, 생의 주기에 관한 글이 특히 공감되었다.

인도에서는 우리의 생을 네 주기로 나누는데 0세에서 25세까지는 푸른 봄인 학생기, 26세에서 50세까지는 붉은 여름인 가주기, 51세에서 75세까지는 하얀 가을인 임주기, 그 이후부터 100세까지는 검은 겨울인 유행기라 쓰여 있었다. 그러면서 51세에서 75세까지의 임주기는 숲에 머무르는 시기로 인생의 클라이맥스, 즉 절정기, 가장 빛나는 제3의 인생이라 말하고 있었다.
무릎을 친다는 게 바로 이런 것일까. 내가 생각하고 추구하던 딱 그 말이었다. 왜 임주기가 생의 하이라이트일까, 숲에 머문다는 말은 무엇을 뜻하는 걸까, 어찌하여 임주기가 삶의 절정기일까… 직접 묻고 싶었다.

나는 혹 만날 수도 있을 토미 여사께 드릴 선물부터 고민했다. 그녀의 내추럴한 생활 방식에 어울리는 선물이 뭘까 고민하다 홍삼과 화장품을 준비하고 그녀와의 만남을 신청하였다. 워낙 많은 사람들이 그분을 만나고 싶어

하지만 웬만해선 시간을 내기 어렵다는 답변. 그러나 때
론 간절함이 거절을 이길 수 있지. 몇 번의 메일과 간청
으로 군겐도 브랜드의 대표, 토미 여사와의 만남이 성사
되었다.

영미투어 군겐도에서 만난 75세 그녀는 상상보다 훨씬
단단해 보였고 세련된 모습이었다. 염색하지 않은 짧은
커트의 흰머리에 내추럴한 카키그레이의 리넨 원피스,
길게 늘어뜨린 진주 목걸이, 초록색의 작고 동그란 안경,
까칠하지만 따뜻함이 느껴지는 인상. 아, 내공이란 게 이
런 거구나….

군겐도의 물건들은 수백 년을 버텨온 온기를 담고 있었
다. 안뜰 나무 테이블 위에는 식물이 자연스레 자라고 있
었고 깨어진 유리창은 어디선가 주워 와 끼워놓은 것이
라 모양이 다른 그 자체가 모자이크 무늬 미술 작품, 긴
세월을 살아낸 채반과 소반, 절구통, 오래된 벽돌, 돌로
된 물확…. 나는 오래된 물건들을 발견하고 쓰다듬고 살
펴보느라 당최 걸음을 옮길 수가 없었다.

그녀는 우리를 위해 특별 만찬을 준비해 주셨다. 비비추 두부무침, 오리고기 오믈렛, 프랑스식 묵 요리, 양배추와 귤 조림, 산초 두부구이, 감자 된장무침, 포크롤 페페론 치노, 산채나물과 붕장어 튀김, 죽순밥, 완자와 참나물장 국, 벚꽃말차와 티라미수…. 화려하지만 소담한 들꽃과 도 같은 밥상, 작은 꽃다발로 만든 수저받침부터 이파리 를 둥글게 말아 만든 그릇까지… 멋과 맛에 취해 정신이 붕붕 춤을 출 정도였다.

식사를 마치고 나서 토미 여사는 일일이 직원들을 불러 우리에게 소개를 해주었다. 맑은 표정의 젊은이들이었 다. 책에 보면 군겐도는 직원을 뽑는 원칙이 있었다. 외 로워 보이는 사람, 다른 기업에서는 뽑지 않을 것 같은 소박한 사람을 뽑는다고 했다. 왜냐고 물으니 "잘난 사 람은 언제든 다른 곳으로 뽑혀 갈 수 있으니 우리는 조금 능력이 부족해도 함께 어울리며 성장해 나갈 사람에게 주목하고 그렇게 변화되는 과정을 지켜보는 것이 보람 된다."라고 말했다. 직원들의 낯빛이 아침 햇살처럼 해 사했다. 그리고 군겐도와 닮아 있었다. 그 직원들은 출근 하며 군겐도를 절구통처럼 감싸고 있는 센노산 산책길에서 각자 들꽃을 꺾어 와 책상과 식탁을 장식을 한다고 한다. 둘러보니 집집마다 입구에 대나무를 세워놓고 그 가운데를 뚫어 거기에 들꽃을 넣어두었다. 집집마다 다 다른 들꽃이었다. 나의 걸음이 들꽃 흔들리는 모양새처럼 가볍게 하늘거렸다.

토미 여사께 물었다. 나이 들어 임주기를 지나며 좋은 점이 있다면 무엇이냐고. 그녀는 말했다. 서른에 모르던 걸 마흔에 알게 되고, 마흔에 모르던 걸 쉰에 알게 되고, 쉰에 모르던 걸 예순에 알게 되고, 예순에 모르던 걸 일흔에 알게 되더라고. 비로소 오래된 것의 가치를 제대로 알게 되는 나이가 일흔 즈음이라며 예전엔 미처 몰랐던 걸 알게 되는 그 나이가 감사하며 숲의 바깥에서 숲을 바라보는 게 아닌, 숲에 잠겨 숲과 하나 되는 시기, 그래서 비로소 깨닫게 된 이치를 후대에게 보여줄 수 있는 '임주기'야말로 진정 아름다운 나이라고.

그녀의 말에 경청하고 뜨겁게 반응하니 칠십 대 중반의 임주기 끄트머리 토미 여사가 꽃처럼 웃다가 눈물 흘리기 시작했다. 나는 우리가 점심을 먹던 수백 년 된 아베 가옥과 꼭 같은 무모한 집 부엌의 조명과 찬장, 돌벽, 창틀, 대나무 천장 사진을 들뜬 마음으로 보여주며 제주에 이와 비슷한 나의 집이 있으니 꼭 한 번 제주로 오십사 초대했다.

군겐도는 그녀의 집에 머물렀던 중국 유학생이 알려준 말이란다. 전기도 안 들어오고 수도도 없는 '무자쿠안'이란 공간에서 촛불을 밝히고 술을 마시다 "여기가 군겐도로군요."라고 하기에 그 뜻을 물으니 "모든 사람이 각자 좋아하는 것을 하며 왁자지껄 이야기를 나누면서 하나의 좋은 흐름을 만들어가는 것"이며, 그 반대말은 '이치겐도'인데 권력자 한 사람의 말로 모든 방향성이 정해지는 것을 의미한다고 말했다.
여럿이 모여 화기애애하게 각자의 이야기를 하며 떠들썩한 분위기를 군겐도라 한다니, 그야말로 군겐도에서 '임주기'인 우리는 '군겐도' 하였다.

토미 여사는 가을 즈음에 꼭 제주 무모한 집에 오신다 하였으니, 무모한 집에서 임주기를 지나는 나와 임주기를 지낸 토미 여사와의 군겐도 할 날을 고대한다.

여행의 반은   숙소

나는 여행할 때 숙소가 가장 중요하다고 생각한다. 잠만
자는 곳인데 굳이 숙소를 따질 필요가 있느냐 하는 사람
도 있겠으나, 숙소의 장소성과 공간감은 '나 지금, 행복
하고 있는가?'에 있어 결단코 1번이란 생각.
숙소 중에서도 편리한 대규모 호텔보다는 주인의 취향
과 안목이 묻어나 있는 소담한 곳, 디테일이 살아 있는
감각적인 소품 그리고 향기와 음향까지 배려한 공간을
좋아한다.

언젠가 작은 단독 펜션에 간 적이 있는데 문을 열자마자
보사노바 재즈가 혹하니 흘러나오고 거실에 들어서자
또 그 펜션의 로고가 박힌 디퓨저에서 숲의 향내가 흠씬
풍기는 게 아닌가. 나는 룸을 보기도 전에 단박에 그 펜

션에 반해버렸다. 공간의 마무리는 역시 음향과 향취.

그런 여행지 숙소에서의 느릿하고 긴 아침을 즐긴다. 늦은 밤까지 집에 돌아갈 걱정 없는 긴 밤을 보내고 커튼을 열어 제친 후, 첼로 연주곡을 틀고 드립 커피를 내리고 현지 시장에서 사다 놓은 달걀을 삶고 샐러드를 만들고 동네 빵집에서 방금 나온 따끈한 빵을 굽고…. 창을 통해 아침 테이블로 들이쳐 일렁이는 나무 그림자의 춤사위를 바라보는 아침. 평.화.하.다.

새벽부터 바지런을 떨며 깃발 따라 쫓아다니는 여행은 이제 그만. 여기 찍고 저기 찍고 유명 관광지를 돌고, 맛집 앞에서 길게 줄서는 여행은 이제 됐다. 어디를 가느냐보다 지금 여기에 머무는 그 시간이 얼마나 충만한가. 현재 내가 바라보는 공간에서 행복한 에너지를 받고 있는가. 분주한 생활 속 리듬에서 한 발짝 떨어져 비로소 나자신을 찬찬히 바라볼 수 있는가. 내 곁에 있는 그 사람의 곁으로 조금은 가까워졌는가. 떠다니는 투어리스트가 아닌, 머물 줄 아는 트래블러.

언젠가 남도 바닷가의 수려한 골프장을 방문한 적이 있는데 가이드해 주시던 분이 그랬다. 18홀을 다 도는 동안 골프장이 바닷가에 있는지 모르는 사람이 태반이라고. 홀에 공 들어가는 것만 신경 쓰느라 바다 볼 여유가 없기 때문이다.

제주에 사니 골프 치러 오는 사람들을 많이 보는데 그 아름다운 제주 골프장에서 골프 치고 갈치조림이나 흑돼지만 먹고 자연을 즐기지도 못한 채 부랴부랴 돌아가는 사람들을 보면 좀 안타깝다. 매번 같은 스타일의 여행에서 좀 더 다른 시각으로 여행을 시도해 볼 필요도 있지 않을까 싶다.

인생은 날씨 같아요

어제는 아버지의 기일이었다.

오십여 년 전에 돌아가신 아버지를 추억하며 요양원에
계신 엄마에게 전화 한 통 드려야지 싶었으나 사는 게 뭐
가 그리 분주한지 금세 까먹고는 제주로 내려왔다.

못난 딸은 살아 있는 자의 탐욕으로 당근마켓에서 공짜
로 준다는 자개상 두 개를 득템 하느라 제주 외진 곳을
찾아가 빌라 3층에서 그 무거운 걸 계단으로 혼자 들어
내리고, 지인이 가져가라고 준 선 베드를 가지러 가 낑낑
대며 그 조그만 경차에 몽땅 구겨 싣고 집으로 돌아왔다.

비는 철철 내리는데 이미 차엔 커다란 트렁크랑 작은 가
방 두어 개, 몹시나 무겁고 커다란 자개상 두 개와 쇠로
된 선베드.

안 그래도 며칠 전 접촉 사고 때문인지 허리가 뻐근해 걸

음조차 편치 않은데 그 크고 무거운 짐을 혼자 실어 나르려니 진땀에 한숨에…. 아이고, 힘들어 죽겠다는 말이 입에서 백번 흘러나왔다.

게다가 더 놀랐던 사건은 마당에 차를 세우고 현관으로 들어가는데 잔디밭 금귤나무 밑으로 소리 없이 기어들어가는 커다란 뱀과 마주친 거.
〈동물농장〉에서나 보던, 아니면 동물원에서나 보던 그 길고 징그러운 것을 바로 내 발밑에서 목격하다니…. 그것으로 끝난 게 아니라 다시 짐을 가지러 나무 계단을 내려오는데 작은 새끼 뱀 또 한 마리가 계단 아래에서 사글랑사글랑 움직이고 있었다. 꺅~~~~!!! 혼비백산.

며칠 비워둔 제주 집은 습기가 그득해 눅눅하고 손 가야 할 데가 한두 곳이 아니어서 제습기 물 빼고 청소하고 환기시키고 쿰쿰한 냄새 때문에 양초 켜놓고 가져온 물건들 정리 정돈하느라 몇 시간은 후딱 지나갔다.
문 앞에 쌓인 택배들 열어 제자리에 두고 손님방에 놓을 행어를 조립하는데 도저히 마지막 연결이 안 돼 땀은 비오듯 흐르고 짜증은 극으로 치닫고…. 결국은 옆집 굿 네

이버에게 SOS. 옆집 하리다 여사는 맥가이버다. 못 하는
게 없다. 음식 솜씨도 셰프 못잖고 집안일도 어찌나 뚝딱
뚝딱 잘하는지. 그녀도 원래는 하나도 할 줄 몰랐단다. 그
러나 제주 생활 몇 년 만에 아무도 도와주는 사람이 없으
니 생존 본능으로 '자가 처리 능력자'가 되었노라고.

어젯밤엔 제주에 호우 경보가 내렸다.
시시각각 뉴스에 촉각을 곤두세우느라 자정을 넘기고
그즈음부터 천둥·번개·비바람 몰아치는데 태어나서 평
생 보았던 번개보다 더 많은 번개를 보았고 평생 들은 천
둥소리보다 더 큰 천둥소리를 들었다. 집이 지진 난 듯
마구 흔들리고 번쩍번쩍 우르르 쾅쾅, 지붕 날아가는 거
아닌가, 도저히 잠이 안 와 새벽에 거실에 나와보니 정전
이다. 온 사위가 새카맣다. 간신히 양초를 찾아 켜고 웅
크리고 앉아 칼날같이 후비는 번개의 찰나를 목도하며
지은 죄를 회개하였다.
'제발 살려만 주신다면 착하게 살겠습니다.'
진정 잊지 못할 7월 10일 새벽.

천둥번개 멎은 아침은 방금 세수를 마친 아이처럼 말갛

다. 생전 처음 두꺼비집을 열어 전기를 다시 잇고 피아노 연주를 틀었다. 아침엔 늘 첼로곡을 듣지만 오늘은 첼로가 좀 무겁게 느껴져 피아노를 골랐다.

조금이라도 눈을 붙이고 공항으로 마중 나가 집에 오는 친구 손님들을 화사하게 환대해야 할 텐데, 태풍 다음의 파랗게 갠 하늘의 구름 예술 작품을 그네들에게 보여줘야 하는데…. 태풍 다음 날의 하늘은 형용할 수 없는 그림 그 자체다. 용을 그리다가 물고기가 나타나고 새가 되기도 하고 추상화 같은 형상이 기이하기도 한 제주의 하늘과 구름.

그래서 난 태풍 전날엔 바다로 나가 포효하며 살아 움직이는 바다를 보고, 태풍 다음 날엔 꼭 들판으로 나간다. 제주는 바다 보러 왔다가 하늘 보고 간다는 말이 맞는 듯. 날씨에 혼을 빼앗겼다가 날씨에 또 영이 살아난다.

세상 내 맘대로 되는 게 뭐 한 가지라도 있던가.

그저 비 오면 비 오는 풍경에 감사, 해 뜨면 또 쨍하니 감사, 바람 불면 바람결에 감사.

근데 조금 살아보니 쭉 비만 오지 않고 내내 햇볕만 비추진 않더라. 비 오면 햇살 오는 중이겠구나 기다리고, 햇

155

빛 양명하면 곧 비가 내리겠구나 예비하고….

뭐 그렇게 사는 거지. 인생은 꼭 날씨와 같다.

내 맘대로 되지 않는다는 거. 변한다는 거. 그리고 생에 있어 다 필요하다는 거.

뱀도 보고, 번개도 보고, 천둥도 겪고, 촛불도 켜고, 바람 드세고, 비 들이치고, 볕 강렬하고, 하늘도 변화무쌍하고….

제주의 날씨는 하루에 사계가 다 있다.

꼭 내 성질머리 같다.

나는 날마다 죽는다

제주행 비행기를 탈 때마다 나는 죽는다.

아니, 죽음을 겪는다. 비행기가 솟는 순간, 내 생명은 더 이상 나의 것이 아니기에 나는 마음의 유서를 쓴다.

우선 남편에게 미안하다, 고맙다 말하고, 두 아들에게 사랑한다 말한다. 간혹 비행기가 터뷸런스로 출렁일 때마다 죽음이 목전까지 닥친다. 만일 비행기가 추락하면? 그 순간 어떤 기분일까? 극도의 공포가 지나면 프로포폴 수면 마취처럼 까무룩 몸이 뜨는 기분일까, 아니면 회오리바람 가운데로 빨려 들어가는 느낌일까?

오늘은 제주행 비행기에서 수녀님이 옆에 탔는데 만일 비행기가 추락하면 수녀님 어깨를 부여잡고 빨리 기도하라며 소리치는 상상을 했다.

아, 나는 영화를 너무 많이 본 걸까.

기장의 능력에 따라 다른 건지 착륙이 거칠 때도 있으며 사뿐히 연착하는 경우도 있다. 땅에 접착해 긴 활주로를 무섭게 달릴 때, 또 한 번의 공포다.

누구나 그렇듯 나도 안착하자마자 휴대폰을 켠다.

카톡이나 문자가 많이 와 있으면 기분이 좋고 아무 연락도 없으면 왠지 쓸쓸하다. 문자가 많거나 부재중 전화가 밀려 있어야 왠지 내가 쓸모 있는 인간인 것 같은 이 무식한 뿌듯함은 뭐지?

휴대폰을 켜는 순간, 다다다다닥~ 문자와 카톡, 부재중 전화가 연속으로 뜨면 길가에서 돈다발 줍듯이 자존감이 차오르고, 전화기가 텅 비어 있으면 낙엽 쓸어 담은 11월 말 거리처럼 마음이 스산하다.

사 년 동안 백 번 훨씬 넘게 제주를 왕복한 것 같다. 그러니까 나는 백 번 이상 죽었다 깼다. 그래서 죽었다 살아난 것처럼 제주에 오면 하루하루가 아깝고 간절한 마음. 우리네 인생은 오징어게임인 양 매일매일이 낭떠러지고 어쩌면 '생'이란 지옥 같은 공포의 연속인데 사이사이 틈

새 행복을 찾고 누리는 것만이 해답인 것인가.

김영민 교수가 말했다. 아침마다 죽음을 묵상하는 게 좋다고.
승효상 건축가는 말했다. 무덤은 가까이 있는 것이 좋다고.

죽음을 추종하라는 뜻이 아닌, 죽음을 두려워하지 말라는 말일 게다. 아침마다는 아니어도 나는 비행기를 탈 때마다 죽음을 묵상하니 삶이 조금쯤은 숙성되어가는 것일까.
그건 그렇고, 생명보험이라도 들어봐야 미안하고 고마운 남편에게 끝까지 덕을 베푸는 거 아닐지, 사랑하는 아이들에게 끝까지 든든한 엄마가 되는 건 아닐지….

에잇, 보험은 무슨 보험, 보험 들 돈 있으면 흑돼지나 구워 먹을란다. 오늘의 무사를 기념하는 한라산 소주 한잔과 함께!

사실과 진실

가고 싶었던 제주의 카페는 벌써 세 번째 갔는데도 또 휴
무다. 대신 바닷가 동네를 산책하다 바다 보이는 카페 창
가에 앉아 오래 창밖을 내다보았다.

개를 끌고 거니는 사람,
올레길 걷는 등산복의 남자,
카페 안의 여행자 청년 두 명,
아이 데려온 아빠.

인생의 교차점에서 우리는 서로 내가 보는 그 장면으로
만 판단한다.
좋은 때다, 고독해 뵌다, 한가로운 팔자구나….
올레길 아저씨는 몸이 아파 죽기 살기로 걷는 중일지도

모르고

아이 아빠는 이혼하고 아이와 첫 여행을 왔을지도 모르고

청년 두 명은 직장을 못 구해 일자리 알아보러 왔을지도
모르고.

우리는 모른다. 그들의 지금이 어떤 상황인지.

백화점 가면 나 빼놓고 다 부자인 거 같고

경찰서 가면 다 범죄자만 사는 것 같고

법원 가면 다들 이혼하는 것 같고

병원 가면 죄다 아픈 사람인 것 같고.

문고리 열고 들어가면 다들 자기 고민이 젤 크다.

이웃집 죽음이 내 고뿔만도 못하다 하잖나.

한 사람은 백여만 원 카드 값을 내지 못해 진 한숨,

한 지인은 몇 천만 원 대출금을 갚지 못해 탄식,

한 사업가는 직원들 월급이 밀려 발 동동,

한 재벌은 수천억 유산 싸움으로 영혼 잠식,

한 친구는 아이를 갖지 못해 침울,

한 여인은 아이가 생겨 당황.

한 후배는 강아지가 장염에 걸려 울상,

한 제자는 실연으로 눈물 쏘옥,

한 남자는 살을 못 빼 우울,

한 여성은 지붕이 새 고민.

각자가 각자의 고민으로 머리 위에 인두를 지진다.

너의 사실과 나의 진실은 다르다.

너는 사실이고 나에게는 사실 너머 진실이 있다.

제주에 살아보니 제주의 단면을 조금 알게 되었다.

제주는 저녁이면 상점의 문을 다 닫는다.

밤엔 가로등이 거의 없다.

가게를 하는 사람들은 적게 벌어 적게 먹는다.

가령 일주일에 이삼일 쉬고 오후에만 여는 가게도 많고

비수기에는 한 달씩 문을 닫고 여행을 떠나기도 한다.

서로 나눠 먹고 아이도 같이 키우고 대문도 없다.

20분 넘는 거리는 멀다고 다니지 않는다.

남의 눈치 잘 안 본다.

앞집 삼춘은 우리 집 마당에 쪽파도 심어놓고 가고 농사지
은 호박이랑 귤도 한 보따리씩 문 앞에 가져다 놓으신다.

무뚝뚝하다는 사실 속의 따뜻한 제주인들의 진실.
나는 그래서 제주가 좋다.

이제   어른

나는 내가 꽤 독립적이라 생각했는데 아니었나 보다.
혼자 비행기표와 숙소, 렌터카를 예약하고 변경하기도
하며, 커다란 캐리어를 두 개나 끌고 층계를 오르내리고,
모르는 길을 스스로 찾아다니고, 가로등 없는 어두운 밤
에도 태풍에 휘어지는 나무의 정령이 무서워 '내게 강 같
은 평화' 찬송가를 틀어놓고 홀로 운전을 하고, 수풀을
헤쳐 길이 나지 않은 숲길을 헤매기도 하고, 진흙탕길 돌
덩이들을 치우며 바퀴를 밀기도 하고, 눈 내려 얼음판이
된 오솔길에서 30분이나 고립되기도 하고, 혼자 식당에
서 밥도 잘 먹고, 지도를 헤아릴 줄도 알고, 정전이 된 제
주 집에서 나 홀로 촛불 켜놓고 두꺼비집을 올리기도 하
고, 쓰레기 정리도 척척, 샴페인도 놀라지 않으며 막 따
고, 후진 주차도 곧잘 한다.

그런데 생각해 보니 그간 누군가의 도움으로 행했던 것들이다. 가족의 도움, 이웃의 도움이 아니었다면 어림도 없던 일. 감사함이 벅차게 차오른다.

나는 엄마였지 어른은 아니었다.
나는 여자였지 성인은 아니었다.

제주여서,
혼자여서,
내가 해야만 하는 일들이 나를 성장시킨다.
이 나이에 '혼자'가, '고독력'이 나를 어른으로 만든다.

누가 나를 위로해 주지?

며칠 전, 부자 친구네 집에 갔는데 내가 존경하는 일본의 건축가가 설계한 건물이어선지 공간이 어마어마하게 넓고 멋진 데다 근사한 가구와 걸려 있는 작품만 해도 거의 미술관 수준. 게다가 운전기사와 집안일하는 도우미까지 있었다. 내가 좋아하는 모든 것, 내게 필요한 모든 것이 다 갖춰져 있었다. 질투심이 아닌 진심 부러운 마음이 한가득. 내가 머릿속으로 늘 상상하던 꿈의 공간, 꿈의 집이었기 때문이다.

세 개 층과 지하 공간, 곳곳의 정원, 넓고 풍요한 키친까지 둘러본 후, 점심을 먹고 거실에서 샴페인도 마시고 마무리로 커피까지 마시고 돌아오는 길. 매일매일 허덕이는 나의 삶이 몹시 비루하게 느껴졌다. 남들이 부러워하는 나의 제주 집, 무모한 집이 순간, 헛간같이 느껴졌다.

내 집도 아닌 렌트인 데다 중고 거래를 통해 야금야금 사다 놓은, 좋아라 했던 가구와 소품들이 갑자기 빈한하게 보였다.

어제는 꽤 규모가 큰 일이 들어와 머릿속으로 숫자를 세어보니 아이들 한 달 치 등록금. 갑자기 의미 없던 하루의 끝에 활력이 넘쳐났다. 아직 내가 살아 있구나, 아직은 쓰임새가 있구나 싶기도 하고.
그러나 기쁨도 잠시…. 그 일이 취소됐다는 연락이 왔다. 뿜뿜 솟았던 자신감에 금이 확 갔다. 머릿속에 숫자들이 발딱 세워졌다가 허물어지며 나의 에너지도 불기둥같이 솟았다 싱크홀처럼 꺼져버렸다.

운전하다 보면 늘 강변도로와 올림픽도로 중 선택의 기로에 선다. 내가 선택한 강변도로가 잘 뚫리고 저편의 올림픽대로가 막히면 기분이 좋고, 내가 올라탄 올림픽대로가 막히고 강변도로 쪽이 쌩쌩 달리면 기운 빠지고 짜증이 난다. 그냥 내 가는 길을 가면 되는데 저편의 강변도로, 저 너머의 올림픽대로는 왜 자꾸 힐끔 쳐다보고 견주는가.

내 또래의 여성을 만났는데 나보다 나이 들어 보일 때 그래도 내가 자기 관리는 잘하지 싶어 우쭐. 그러나 그 여인이 카르티에 시계를 차고 에르메스 백을 들고 있으며 시아버지가 집을 사줬느니, 남편이 의사다 변호사다 하면 '아, 나는 왜 그런 남편을 못 만나고 이 나이에 가장 노릇 하며 마른걸레 쥐어짜듯 힘들게 사나' 싶어 한순간 내 삶이 나락으로 굴러 떨어진다.

존재하지도 않는 허공의 숫자에 기가 솟구치거나 기가 빠지고 쓰잘데기없는 물질로 남과 나를 비교하며 내 스스로를 죽였다 살렸다 하는 나는 못난이.

이 나이가 되도록 나의 중심을 못 잡고 제자리에서 맴맴 돌고 있는 나 자신이 한심하지만, 생각해 보면 세상 물욕 없고 호기심 없는 늙은 여인이 아니라 끊임없이 세상 욕망에 시달리며 향상심으로 스스로를 채근하는 철없는 여인, 나를 사랑해 줘야 할 사람은 오직 나.

나뿐이다.

나는 소리에 민감한 사람인가

기차에서 통화하는 앞 사람의 음성.

이어폰 끼고 영화 보는 옆 사람에게 새어 나오는 지지직
거리는 소리.

녹화할 때 인터컴으로 가늘게 흘러나오는 피디의 컷 소리.

앞집에서 재활용 쓰레기 치우는 소리.

택시에서 울려대는 트로트 음악.

미용실에서 쾅쾅대는 최신 아이돌 노래.

뭉개진 이중 모음과 정확치 않은 니은과 히읗 발음.

길게 끌며 흐려지는 말 끝머리.

무조건 올려대는 말 어미.

말끝마다 붙이는 저기요, 그래서요, 제가요, …요요요.

공중에 크게 울려 퍼지는 공짜 휴대폰 벨 소리.

너무 습관적인 '너무'와 '되게'.

존중하지 않으며 남발되는 존대 아닌 존대.
눈치 없이 이어지는 재미없는 말.

제주에서 살며 가장 행복한 건 소리로부터의 해방이다. 알아들을 수밖에 없는 각종 소음으로부터 해방되는 게 얼마나 행복한지 모른다. 도심의 차 소리, 앰뷸런스 소리, 확성기 소리, 싸우는 소리, 윗집 욕실 물소리, 뒤 차 빵빵거리는 소리, 사람들의 수군대는 소리까지…. 다 알아들을 수밖에 없는 그 소리로부터 탈출하여 내가 선택한 소리만 들을 수 있다는 것은 굉장한 평안이다.

빗소리, 바람 소리, 닭 우는 소리, 새소리, 파도 소리, 이파리 흔들리는 소리….

제주에서는 아침에 일어나자마자 창문 커튼을 올리고 클래식 연주곡을 켜고 커피를 내리는 게 일상의 시작이다. 창으로 쳐들어와 클래식 선율에 맞춰 일렁이는 아침 그림자의 움직임을 보고, 빗줄기가 나무 둥지를 타고 내려와 잠시의 폭포수를 이루는 광경을 목도하며, 하루 종일 쫑쫑 지절대는 백 가지 새들의 백 가지 화음을 듣는다는 것.

시각은 눈을 감으면 차단되지만 청각은 내 의지대로 되지 않는다. 피곤한 삶은 청각으로부터도 기인한다. 보고 듣고 맛보고 느끼고 냄새 맡는 감각. 그중에서 불특정하게 열려 있는 내 청각으로부터의 해방이 얼마나 나를 행복하게 하는지, 듣는 것으로부터의 충만감, 이순이 넘어 제주에서 알게 되었다.

인생은 렌트

한의원에서 침 맞고 나서야 겨우 아기 걸음마만큼 걷는다.

당장 내일 새벽 생방송,

연합뉴스 여행 강의,

EBS 〈한국기행〉 촬영,

무모한 집 + 허상점 팝업,

창원 부마음악제 사회,

두물머리 걷기대회 사회.

스케줄이 줄줄이 잡혀 있는데 몸을 움직일 수 없다.

내 몸이 기업인데, 내가 움직이지 않으면 우리 집의 생계
는 무너지는데, 몸뚱어리 하나밖에는 재산이 없는데….

좀 쉬엄쉬엄 하고 싶지만 일수 찍듯이 하루도 빠질 수 없
고, 하루 벌어 반달 살 정도로 메워야 할 액수가 늘상 파

도처럼 밀려온다.

매일, 매달이 응급이다.

내겐 집이 네 채나 있다.

미국 뉴욕 맨해튼에 두 곳, 서울에 한 곳, 제주에 한 곳.

다 렌트다. 집도 차도 모두 렌트.

매달 막대한 렌트비에 두 아들 유학비까지… 감당해야
할 액수만도 엄청나다.

벌어내야 할 숫자만 생각하면 호흡 곤란이 올 지경이지
만 신앙심만 높은 남편은 늘 "뒤돌아봐라, 지금껏 잘 살
아왔는데 뭐 걱정이냐. 무엇을 입을까 무엇을 먹을까 걱
정하지 말라고 성경에 쓰여 있지 않으냐. 머리카락까지
세고 계신 하나님께서 우리의 필요를 채워주실 거야…."
라고 무대책의 답변만 하지만 같이 안달복달하는 것보
다는 작은 위안이 된다고 믿는다.

그간 옆과 뒤를 곁눈질할 여력도 없었고 그야말로 아플
새도 없었는데 짧은 다리, 작은 키, 야리야리한 깡다구로
60년을 버텼으니 몸도 이제 좀 돌봐달라고 아우성치는
게 어쩌면 당연할지도 모르지. 렌트비도 안 내고 잠시 빌
려 쓰는 육신인데 너무 막 대했다.

따지고 보면 인생이 다 렌트다.

내 것은 하나도 없다,

몸도 집도 차도 가족도 친구도 일도… 잠시의 렌트.

춥고 배고프고 서럽다 하는 아내님의 응석에, 원래 땅의 소망은 다 부질없다 여기는 목사 남편님이 밥 볶아 한치를 쏙쏙 얹어 준다. 한치 좋아하는 날 위해 일부러 오는 길에 사 왔다며 생색.

한치도 쌀도… 다 내가 벌어 산 건데 항상 하나님께만 감사하는 남편이 얄밉고도 천진해서 나, 그냥 웃는다.

당근은 　당근 해야지

난 당근 마니아다. 물건 살 게 있으면 일단은 당근마켓부터 뒤진다. 당근엔 세상에 없는 게 없다. 라면 한 개부터 자동차, 부동산까지 나와 있다.

당근에도 세상이 있다. 한번은 약수동에 식품 건조기를 직접 가져다 드렸는데 받는 분이 손수 옥수수를 따끈따끈하게 쪄서 정성스럽게 포장하고 아이스티까지 병에 담아 건네며 더운데 와주셔서 감사하다 몇 번씩 인사를 한다. 나도 그 마음이 고마워 서로 손잡고 연신 허리를 굽히고 헤어졌다. 마음이 따뜻해졌다.

나는 당근 거래 상대방이 학생인 듯한 느낌이 들면 집에 있는 간식거리도 넣어주고, 여성인 것 같으면 얼굴에 붙이는 마스크 팩도 넣어주곤 한다. 당근 거래 물건을 택배로 받을 때 기분 좋은 경우는 직접 만든 수세미 같은 걸 덤으로 보내면서 편지까지 써 자신의 물건에 대한 설명을 곱게 적어 보내주는 분들, 안 봐도 참 선량한 사람이란 게 확 느껴진다.

또 한번은 쓰던 커튼을 무료 나눔 하러 갔는데 받는 분이 어찌나 겸손하고 참한지, 직접 수놓은 손수건과 컵받침을 리넨으로 곱게 포장해 꽃 한 송이 꽂아 주시는 센스. '어머, 우리 친하게 지내요~' 하고 막 들이대고 싶은 걸 꾹 참았다.

제주에서 빈티지 가구를 사러 멀리까지 원정을 나갔는데 아주 잘 지은 타운하우스였다. 힐끔 들여다보니 다른 가구 소품들도 꽤 멋진 게 많은 것 같았다. 내가 호기심을 보이니 그분이 나를 알아보시고는 "들어와 차 한잔하실래요?" 묻기에 냉큼 들어가 집 구경을 했다. 잔 카를로 피레티 녹색 테이블 하나 샀는데 그에 어울리는 하얀색 의자가 맘에 들어 파시라고 졸라 가져와서 지금껏 뿌듯하게 잘 쓰고 있다.

재밌는 에피소드 하나.

친한 김윤희 개그우먼과 함께 있을 때 처음 당근마켓을 시작했는데 아이디로 영 떠오르는 게 없어 고민하던 중 그녀가 홀로 있는 개 걱정을 하며 우리 로키, 우리 로키 하기에 아이디를 그냥 로키로 써버렸다. 그러고는 몇 년인가 흘러 누가 털목도리 예쁜 걸 올렸기에 가까우니 직접 받으러 간다고 하고 이태원 어딘가로 가는데 물건 주인이 "어머, 당근 아이디가 저랑 같네요?" 하는 거다. 같은 아이디. 로키. 혹시나 싶어 "혹시 성함이 김윤희 씨?" 했더니 바로 전화 와 "언니, 나야 나, 윤희." 당근은 오래된 인연도 다시 만나게 해준다.

진짜 귀한 득템의 기회도 많다. 라인이 근사한 샴페인 잔 네 개를 세트로 팔기에 서귀포까지 가 샀는데, 샴페인을 부으면 기포가 계속 뽀글뽀글 솟아오르는 아주 매력적인 잔이다. 설거지할 때마다 꼭 그릇 귀퉁이를 깨는 막손인 남편이 그 샴페인 잔을 씻으려 하면 "윽, 조심조심." 하며 그것부터 먼저 챙긴다. 절대 깨져서는 안 되는 나의 당근 애정템 일 순위. 하나에 5천 원 주고 샀는데 이태원 빈티지 숍에서는 10만 원이 넘는다는 설이….

반면에 인연이 닿을까 무서운 사람들도 당근에 꽤 있다. 일단은 당근에 물건을 올리면서 미리 막 화를 내는 사람. '깎아 달라 말하지 마세요.' '말만 걸고 안 사는 사람 사양합니다.' '시간 지켜야 하고 반품은 절대 안 돼요.' '좋은 물건 못 알아보는 사람과는 거래 안 합니다.'

만나지도 않았는데 이런 사람은 얼굴이 보인다. 짜증과 신경질로 이마에 울분 자국, 가로 세로 죽죽 그은 사람. 만날까 겁난다.

당근마켓의 취지는 동네 사람들끼리 서로 안 쓰는 물건 나누자는 건데, 인정이 빠진 거래는 그냥 중고 장사다.

한번은 우리 집의 조명을 팔았는데 '당신이 누군지 알고 있다. 당신 남편 목사인데 당근에서 이런 물건 팔아도 되나⋯' 말도 안 되는 핑계를 대며 남편 흠을 잡는 거였다. 남편 시켜 거래를 했는데 뭔가 신경을 건드린 모양이다. 말이 이어지면 싸움이 될 것 같아 나도 남편 흉을 막 봤다. "맞아요. 저도 남편 땜에 힘들어요. 살지 말까 봐요. 답답해 죽겠어요." 하니 그녀는 "어머, 그러시군요. 참고 사세요. 별 남자 있나요. 나 오늘부터 윤영미 씨 팬 됐어요. 사랑해요, 영미님." 한다. 그때부터 매일 시답잖은 메

178

시지를 보내와 곧장 차단.

사기꾼도 있다. 귤 판다고 먼저 돈 보내라 해 크지 않은 돈이라 보냈는데 일주일이 지나도 귤이 안 오는 거였다. 메시지 보내니 할아버지가 돌아가셨다고 기다려 달라. 계속 안 와 다시 메시지 보냈더니 태풍이 와서 택배가 안 뜨니 기다려 달라. 몇 번 연락이 되다가 당근 계정 사라짐.

당근에도 유형이 있다.
제발 사주세요 하는 읍소형.
내 물건 가져가는 게 행운인 줄 알아라 하는 교만형.
작은 건데 필요하시면 그냥 가져가세요 하는 선행형.
안 쓴 거니 산 가격 그대로 줘라 하는 철판형.
안 살 거면 물어도 보지 마라 하는 화병형.
물건 대신 벽돌 넣어 보내는 감방형.

나밖에 없을 땐 내가 당근 거래를 나가지만 집에 남편이나 아들이 있으면 그들에게 부탁을 하곤 하는데, 당근으로 번 돈은 심부름 값으로 다 준다. 나야 짐 없애고 가족들에게 용돈도 주니 일석이조.

당근 거래 약속 잡아 나가는 것도 귀찮고, 가져다주는 것도 일. 대신 시킬 사람도 없고 택배 부치는 것도 번거로우니 당근심부름센터 같은 거 생기면 잘되지 않을까 궁리. 어차피 배달은 우리나라가 최고니…. 당근 전용 퀵배달 서비스 같은 거 생기면 100퍼센트 이용할 의향 있다. 아니면 내가 차릴까.

질투는 나의 족쇄

〈질투는 나의 힘〉이란 영화가 있었다. 맞다. 질투는 나를 여기까지 오게 한 일등 공신이다. 어릴 적, 나는 모든 게 불만이었고 모든 게 못마땅했다.

시골에 태어난 것도, 내가 아홉 살 때 아버지가 돌아가신 것도, 자매 중 내가 가장 못생긴 것도, 키가 작은 것도, 내 방이 없는 것도, 얼굴에 주근깨가 다닥다닥한 것도, 외동 딸이 아닌 것도, 몸매가 예쁘지 않은 것도 다 불만이었다. 초등학교를 마치고 서울로 전학을 와보니 애들이 다 순했다. 서울 사람들은 눈 감으면 코 베어 간다더니 내 보기엔 애들이 맺힌 게 없는 순진함이 있었다. 서울 한샘여중 내 짝꿍은 매일 소보로빵을 사 와 반을 뚝 잘라 나한테 주었다. 시골에서 나는 안 그랬다. 맛있는 걸 싸 가면 누가 뺏어 먹을세라 몰래 가방에서 꺼내 혼자 먹었더랬다.

대학을 가서도 나의 불만 인생은 계속됐다. 운전기사 딸린 자가용이 학교 앞에 진을 치고 있었고, 남자 친구들이 꽃다발 들고 학교 앞에 서 있는가 하면, 당시에 최고로 비쌌던 조다쉬 청바지에 나이키 운동화, 폴로 셔츠를 입고 다니는 애들이 캠퍼스에 즐비했다. 반면에 나는 학교 앞 식당에서 서빙, 다방에서 디제이 알바를 하였고, 나이키 대신 나이스 운동화를 신을 수밖에 없는 형편.

노란 교복이 예쁜 리라초등학교를 나와 수영장 딸린 집에서 가정부가 세 명쯤 있는 방배동 저택의 외동딸이고 싶었으나 현실의 나는 서른여섯에 청상과부가 된 시골 주유소집 셋째 딸이었다. 대학 등록금을 받으러 시골집에 가면 엄마는 현금 인출기에서 동전까지 탈탈 털어 돈을 내 주었고, 조다쉬 청바지와 마이마이 카세트는 한 달 알바비를 다 바쳐도 사기 힘든 가격이었다.

잘살고 싶었다. 그런데 잘사는 사람들을 존중한 게 아니라 도저히 닿을 수 없는 드높은 그 세상 사람들에게 공격적이고 삐딱한 시선을 갖게 되었다. 자기 능력이 아니고 태어나 보니 부잣집 자식, 태어나 보니 우월한 미모…. 그건 인생 불평등 불편부당이 아닌가 싶어.

그 불만은 아나운서가 되고서도 계속됐다. 아나운서 세계에서도 나는 왕따였다. 대체로 학벌 좋고 집안 좋고 인물 좋은 동료들에 비해 나는 모든 면에서 뒤떨어졌다. 외면받는 아나운서였다. 기를 쓰고 올라가 봤자, 하나의 산을 넘으면 또 산. 정말 산 넘어 산이었다. 잘나가는 아나운서들을 향해 '흥~ 네가 잘나선가? 좋은 집안에 태어나서, 얼굴 예뻐서, 시집 잘 가서, 학벌 좋아서… 잘나가는 거지.'라고 속으로 비아냥거렸다. 타인을 시샘하고 질투하는 마음은 내 얼굴을 이그러지게 했고 내 몸을 상하게 만들었다.

내 속은 점점 까맣게 타들어 갔다. 내가 가진 건 못 보고 남들 가진 것만 부러워 죽었다. 그렇게 내 생애, 한탄과 울분의 한 세기를 보냈다.

그런데 어느 날 문득 그런 생각이 들었다. 내가 지금까지 갖고 있었던 열등감은 나 때문이 아니지 않나. 태어날 때부터 갖고 있었던 유전적·환경적 인자들 때문 아니었던가. 내가 선택한, 나로 인한 것은 하나도 없지 않나? 고향, 부모, 외모, 아이큐… 다 내가 선택한 게 아니다. 그렇다면 내가 열등감을 가질 필요가 없지 않은가. 내가 게

을러서, 노력을 안 해서 그리 된 게 아니라 타고날 때부터 주어진 것이었는데 내 책임이 아니지 않나.

자, 그렇다면 지금 '제로'부터 출발해 보자. 타고난 거 아니고, 물려받은 거 아니고, 진짜 내 노력으로부터 비롯된 것들을 카운트해 보자. 시작은 이제부터다.

나는 새벽 방송을 하면서도 지독히 열심을 부렸다. 남들보다 한 시간 일찍 출근해 대본을 쓰고 포맷을 스스로 짜냈으며 내 이름을 각인시키기 위해 세상에 없던 여성 프로 야구 캐스터로 최초를 기록하기도 했다. 가진 게 없으면 내가 만들어 가져보자 하는 깡으로 열심을 더했다.

그러던 중 일본 작가 에모토 마사루의 책 『물은 답을 알고 있다』를 읽으면서 물뿐만이 아니라 세상 모든 생명체는 생각과 말과 글의 에너지를 받아들인다는 것을 알게 되었다. 결국은 나의 생각과 말의 영향을 가장 많이 받는 것은 나로구나!

내 말을 가장 먼저 듣는 존재는 나, 내 말의 에너지를 가장 크게 받는 존재도 나. 모든 것은 나로부터다.

그때부터 나는 나를 위해 긍정적인 말을 하고 긍정적인 사고를 하려고 노력했다. 그러면서 누군가를 질투하는 감정은 그 상대를 해하는 것이 아니라 결국 나를 해하는 것이고, 누군가를 축복하는 마음은 상대와 나를 함께 기쁘게 만든다는 사실을 알게 되었다.

누가 잘되면 '흥~' 하던 마음이 '와!!!'로 바뀌었다. 누구를 축복하면 그도 축복받고 나도 축복받는다. 누구를 욕하면 그는 모르고 나만 상한다는 사실,

이렇게 단순한 진리를 이제야 알게 되다니.

오래전, 내가 다니던 SBS에서 기혼 여자 아나운서가 메인 뉴스 앵커로 발탁되어 방송사뿐만 아니라 언론에서도 큰 화제가 되었다. 당시만 하더라도 결혼 안 한 젊은 여자 아나운서는 나이 지긋한 남자 앵커 옆의 꽃으로 존재하던 시절이었다. 귀걸이도 하지 마라, 네일도 안 된다. 재킷을 입어야 한다. 머리는 얌전한 중간 단발이라야 한다…. 그런데 아이가 있는 기혼의 여자 아나운서를 메인 뉴스 앵커로? 다들 경의와 부러움의 시선을 보냈다. 나 역시 그 후배에게 다가가 마음 다해 축하와 축복을 보냈다. 진심이었다. "대단하다. 네가 역사적인 테이프를 끊었구나. 잘할 거야. 내 그럴 줄 알았어." 그날 한 여자 후배가 조용히 다가와 물었다. "선배님, 어떻게 그렇게

진짜로 축하할 수 있어요? 선배는 질투 안 나요? 다들 겉
으론 축하하지만 속은 쓰릴 텐데….”
축하 안 한다고 내게 도움 될 일은 하나도 없다. 그렇다
고 내가 앵커가 될 것도 아니고, 여자 아나운서의 새 장
을 연 것은 진짜로 잘된 일이고.

대한민국 최초의 여자 프로 야구 캐스터로서 이름을 알
리고 난 후, 나는 다시 여자 골프 캐스터에 도전했었다.
몇 달 연습장을 다니고, 필드에도 나가고, 테이프를 돌려
보고, 골프 책을 사서 읽고…. 그러나 여자 아나운서 6명
이 지원한 골프 중계 오디션에서 떨어졌다. 내 생각에 경
력 많은 내가 아무래도 오디오 면에서는 앞서지 않았을
까 싶었지만 젊고 예쁜 후배가 최초의 여성 골프 캐스터
로 선정되었다.
그날 나는 대학원을 다니던 연세대 캠퍼스에 차를 세우
고 두 시간가량 펑펑 울었다. 억울하고 분해서. 이렇게
나이와 외모가 끝까지 나의 발목을 붙잡는구나. 그렇게
울고 나니 속에서 어떤 소리가 들려왔다.
‘너만 최초가 되란 법 있니? 후배에게 양보하는 것도 좋
은 일이잖아.’

그다음 날, 후배에게 찾아가 스포츠 캐스터로서의 노하우를 알려주고 진심 어린 축복과 격려의 말을 해주었다. 내가 조금 성숙해진 듯싶었다.

질투의 화신들로 인해 괴롭힘을 당하는 후배들이 곧잘 인생 상담을 해 온다. 은근히 곁에 붙어 있다가 어느 순간 뒤통수를 치는 인간들 때문에 힘들어 죽겠다고. 그럼 나는 말한다.

"네가 잘나가기 때문에 질투하는 거야. 못 나가면 아무도 관심 없어. 누군가 질투하면 내가 잘나가나 보다 생각하고, 아무 일이 없으면 좀 더 분발해야겠다 생각해. 그리고 손에 닿을 수 있는 사과니까 끌어내리려 하는 거야. 아예 쳐다도 못 보는 망고가 되면 아무도 끌어내리지 못해. 더 파이팅!!"

질투와 시샘은 나를 잘 아는 엇비슷한 사람들이 하는 거다. 너무 멀리 있는 별 같은 존재에게는 질투조차 하지 못한다. 우리 반 젤 예쁜 아이에겐 질투해도 전지현에게는 질투하지 않는다. '질투는 나의 힘'은 동기 부여까지다. 질투는 내려놓고 부러움까지만. 그리고 그 부러움은 나의 성장 불쏘시개로 쓰면 된다.

질투 대신 축복을!!!

그 이후, 지금까지 수많은 질투의 순간이 찾아왔으나 나는 질투를 받아들이지 않았다. '그건 그의 복이야, 내게는 또 다른 복이 있잖아.' 하면서.

진심은 전해지기 마련. 내가 마음 다해 축복하면 받는 사람도 안다. 그리하여 질투를 버리면 사람을 얻는다. 질투로 인해 관계가 멀어지면 나는 축복의 사람 한 명을 잃는 것이다. 우스갯소리로 나는 그런다. "내 주변이 잘돼야 나도 잘된다. 주변이 안 되면 나한테 돈 꾸러 온다. 내 주변이 잘돼야 커피라도 얻어먹지." 그래서 나는 커피를 자주 얻어먹는다.

기적같이 여겨야 할 삶

친정엄마의 응급실행.

단 한숨도 못 자고 홈쇼핑 방송을 위해 새벽 3시 반에 집
을 나서는데 머리가 한 짐이다.

아이들의 어마무시한 등록금,

두 달 후면 옮겨야 할 집,

늘어난 체중,

급격히 줄어든 체력,

정리하지 못한 잡동사니,

지나친 친절에 대한 마음의 빚,

맺고 끊지 못한 관계,

답하지 못한 수많은 메일.

그 와중에 밀렸던 드라마 다시 보기를 하고, SNS의 호사스런 라이프와 물질문명에 좋아요와 하트를 날리며 머리 한구석에는 내일 해 먹을 반찬거리를 떠올린다.

"산다는 게 곧 말썽"이라 한 『그리스인 조르바』를 쓴 카잔차키스의 말처럼 언제 단 하루라도 말썽 없던 날이 있었겠냐마는 그리하여 몸도 맘도 늘 뻐근한 통각의 연속이다.

하지만 살아 있음으로 인해 말썽도 있는바, 내가 겪어내고 내가 감내해야 하는 크고 작은 말썽들과 나는 오늘도 기꺼이 조우하며 화해의 손을 내밀고 또다시 타협한다.

엄마가 아직까지 살아계신다.
이사로 집 정리가 된다.
먹을 수 있으니 살도 찐다.
잡동사니도 재산이다.
친절함은 갚으면 된다.
관계가 복잡하다는 건 젊다는 거다.
메일은 보내면 그만.

생각의 프레임을 바꾸니 심플해진다.

아인슈타인은 말했다지.

삶에는 두 가지가 있다고.

기적 같은 건 없다는 삶과 모든 걸 기적처럼 여기는 삶.

아인슈타인은 역시 천재야.

4 예순,

잔치는 시작이다

나의 예순

열 살.

아버지가 돌아가신 후 사람은 왜 태어나고 왜 죽어야 하는지, 사람은 죽어 어디로 가는지 궁금하다고 쓴 내 일기장을 본 담임 선생님이 엄마를 불러 영미를 특별히 잘 보살펴야 할 것 같다고 조언하기도 했다.

그 선생님이 어느 날 홍천초등학교 방송실로 나를 불러 마이크를 쥐어주셔서 그때부터 나의 꿈은 아나운서가 되었다.

스무 살.

첫사랑을 했다. 생머리 길게 기르고 카뮈와 괴테, 이상의 책을 끼고 다니는 국문과 학생으로 뭔가 모르게 우울했고, 종로 골목을 누비며 민속 주점을 다니고 디스코텍 죽

순이로 술과 춤뿐인 대학 시절을 보냈다. 아, 술과 춤만
이 아니었지. 지독하고도 열렬한 첫사랑에 빠져 혼곤한
대학 시절을 보냈었지.

서른 살.
지방 방송사에서 SBS로 옮겨 촌뜨기 아나운서가 치열한
경쟁 속에서 살아남기 위해 열심과 열패 사이를 오가며
고군분투하였다. 강원도 시골에서 꿈을 향해 달리던 욕
심 많은 아이가 춘천MBC 아나운서로 입사하고 다시 여
의도 지상파 방송사로 옮기는 일생일대의 꿈을 이뤘으
나 아무도 주목하지 않는 꼴찌 아나운서로서 우월과 열
등 사이에서 갈등의 연속이었다.

마흔 살.
뒤늦게 결혼해 연년생 아들이 이제 겨우 다섯 살, 네 살.
방송국과 집만 오가며 제발 잘리지 않고 일만 할 수 있게
해 달라 기도했다. 그 서슬 퍼런 IMF도 비켜 갔지만 아이
들 봐주시는 시어머니와 시누이들 사이에서 섬같이 외
로웠고 참으로 힘겨웠다.

쉰 살.

25년 직장 생활을 마치고 프리랜서 세계로 들어가는 마음은 바람 부는 폭풍의 언덕에 홀로 선 듯 불안 초조 막막 그 자체였다. 갱년기는 어김없이 찾아와 눈썹 빼놓고는 다 아픈 중년 여성이자 생계형 가장으로서 몸과 맘의 심각한 부실함에 눈앞이 아득했다. 두 아들은 대책 없이 유학길을 떠나 그 감당의 무게가 너무 커 항상 아슬아슬 무너지기 일보 직전이었지.

이제 이순.

내가 어느새? 나 결혼할 때 울 엄마 61세, 시어머니 63세였는데… 그때 우리의 두 엄마는 이미 손주를 두신 그냥 그대로 보통의 할머니였다. 손주들 재롱에 손뼉 쳐주고 사탕 쥐어주고, 돋보기 쓰고 성경책 읽고, 저녁이면 일일 드라마 챙겨 보며 꾸벅꾸벅 조는 완전 할머니. 그러니까 울 엄마, 나 대학 졸업식 때 불고데기로 잔뜩 부풀린 머리에 학사모 빌려 쓰고 사진 찍을 때가… 가만있자… 겨우 51세. 애개? 그렇게나 젊었단 말야? 나 SBS 들어갔다고 동네 등산 모임 아줌마들에게 한턱 쏘시며 으쓱 좋아하던 내 엄마 나이가 겨우 57세?

아아, 이제야 엄마의 오십과 육십이 헤아려진다. 서른여섯에 혼자되어 남편의 보살핌도 받지 못하고, 자식 주렁주렁 딸린 과부가 되어 속은 시퍼런 열망으로 그득했을진대 아닌 척, 어른인 척 버티고 행세하느라 얼마나 버거웠을까. 꽃분홍 홍연 누르며 감추고 심장 벌렁임을 절제하느라 울 엄마 그 얼마나 힘겨웠을까.

돌아보면 나의 60년도 고비가 아니었을 때가 없었다. 매시 오선지의 음표 치오르듯 힘줄은 돋워지고 시선은 위로, 위로 향하며 발꿈치는 절로 먼 곳을 향해 들어 올려졌었지. 엄마의 예순은 자식들 장성하고 허리띠 졸라매 장만한 집 있고 구민회관 에어로빅 다니며 노인대학에서 짱 먹은 인생 졸업반 할머니였는데…. 나의 예순은 아직도 자식들 뒷바라지에 열꽃이 돋는 생활 전선 씩씩한 아줌마와 노쇠하지 않은 호기심에 눈 끝, 발끝이 땅에 닿지 않는 순정 여인네 사이에서 혼돈 중인 두 얼굴이다.
엄마의 예순은 뽀글뽀글 파마머리, 꽃무늬 깔깔이 원피스에 하얀 레이스 양산 받쳐 든 노인네였는데, 나의 예순은 청바지에 운동화, 선글라스 끼고 돌아다니는, 아줌마도 아닌 할머니도 아닌 어중띤 여인네.

예순이란 숫자가 자꾸 나에게 예순을 상기시킨다. '네 나이 예순인데 철 좀 들어야지, 벌써 예순인데 해놓은 게 뭐 있니? 나이 예순에 뭘 시작하겠다고? 예순은 이제 슬며시 물러날 나이야.'

예순이 자꾸만 남은 생을 카운트한다.

'무릎 튼튼히 내 의지껏 다닐 수 있는 시간은 앞으로 10년? 길면 15년쯤? 쭈그렁찌그렁 될 때가 이제 얼마 남지 않았는걸…. 아니, 아니 인생은 60부터라는데 내 나이가 어때서? 씰룩씰룩.' '요즘 60은 옛날 40이야.'

하루에도 열두 번씩 자학과 자위 사이에서 번뇌는 줄지어 널을 뛴다.

돌아보면 오십 대도 좋았다. 후배들에게 이야기한다.

"오십 대는 몸은 좀 힘들어도 아직 예쁜 나이야. 연애를 해도 열두 번은 더 할 수 있는 나이지. 이제부터 진짜 시작이니까 뭐든 해봐. 지금부터 본 게임이란다. 그 경험과 포용은 어디에서도 살 수 없는 거야. 진짜 사랑도 이제부터 가능한 거야. '아이, 예쁘다, 예쁘지?' 하면 진짜 예뻐진단다. 자꾸, 오래 나를 바라봐. 내가 나를 사랑스럽게 보면 점점 더 사랑스러워질 거야."

실은 후배들에게가 아닌, 나에게 해주고픈 말이다.

구순이 가까운 나의 엄마, 60대도 좋은 나이라고 얘기해 줄 나의 엄마는 이제 딸을 알아보시지 못한다. 먼저 예순의 강을 건너간 사람들은 그저 어서 오라 손짓만 하지 말고 강 건너엔 영화 〈엘비라 마디간〉의 꽃밭이 여전히 찬란하게 펼쳐져 있다고 얘기해 줬으면 좋겠다. 이룰 수 없는 사랑에 빠진, 귀족 출신의 젊은 장교 식스틴과 서커스단의 줄 타는 소녀 엘비라는 화려한 꽃밭에서의 정열적이고 행복한 사랑이 지난 후 사랑의 안식처를 찾아 두 발의 총성 속에 사라진다.

뭐, 그래도 좋아. 죽을 때까지 꿀벌 웽웽거리고 들꽃 만발한 초여름 꽃밭에서의 설렘과 절정이 있다면. 사랑의 그가 손짓하고만 있다면…. 찰거머리처럼 붙어 있는 이 지긋지긋한 숫자의 굴레를 벗어던지고 맨발로 춤추며 온몸으로 생을 껴안을 수 있다면…. 예순은 아직 뜨겁다.

겁

'삽시간'은 보슬비가 땅에 샤삭~ 하고 닿는 시간,

'순식간'은 한숨 한 번 쉬는 시간,

'별안간'은 침침한 눈으로 흘깃 쳐다보는 시간,

'찰나'는 비단을 팽팽하게 당겼다 자르는 시간.

'겁'은 우주가 소멸할 때까지의 시간인데

하룻밤 인연은 오천 겁, 사제 간의 인연은 일만 겁이란다.

그러니 친구와 연인, 가족의 인연은 무한 겁인가.

'별안간' 인연을 맺는다는 게 '겁'난다.

다정한 위로

누군가를 위로할 때 하는 말들.

"나는 더 했어." "다 그래." "잘될 거야." "힘 내."

"나는 더 했어."는 대화 주체를 자기로 옮기려는 말.

"다 그래."는 슬픔을 보편화시키려는 말.

"잘될 거야."는 말을 하기 위한 말.

"힘 내."는 힘을 주지 않는 힘없는 말.

다 안다. 그냥 하는 말이라는 거. 그렇게 말해 준다고 내 슬픔이 작아지지 않는다. 그냥 지금 내가 슬프다는 걸 알아주고 가만히 곁을 지켜주는 거, 누룽지라도 끓여서 장아찌 한 젓가락 얹어 주는 게 위로.

슬픔에 잠겨 있는 사람은 다른 사람의 더한 슬픔을 듣기

보다 지금 내 슬픔을 호소하고 싶어 한다.

자기의 경험으로 상대의 경험을 덮으려는 걸 심리학에서 '대화의 나르시시즘'이라 한다는데, 혹여 슬픈 사람을 위로한다는 명목으로 '내'가 앞섰던 건 아니었는지.

위로를 이야기하고 싶은 오늘,

다정한 헤아림, 초저녁 그늘 같은 미소로 위로받고 싶은,

오늘은 그런 날이네.

선물 같은 삶

대학 4학년 때 아나운서 시험에 줄줄이 떨어지고 나서
그야말로 1년을 백수로 살았는데, 오로지 아나운서만이
삶의 목표였던지라 말할 수 없이 막막하게만 느껴졌다.
보통의 학벌에 국문과 출신이라 취업도 힘들었던 상황.

내가 갈 곳은 없었다.
당시 남자 친구는 회계사 공부한다고 쉬이 시간도 안 내
줬고 딱히 할 일도 없는지라 그저 엄마 따라 장에 가고
반찬 만드는 것도 돕고 운전면허도 따고….
그때 엄마 나이가 오십 대 초반, 지금의 내 나이보다도
십 년은 젊었는데 엄마는 백수로 노는 딸에게 잔소리 한
번 하지 않으셨다. 외려 그때 돈으로 40만 원인가를 주시
며 뭐든 사고 싶은 것 사라고 하시기에 철없는 딸은 명동

에 나가 파란색 구슬백을 사고 땡땡이 블라우스와 흰 치마를 샀던 걸로 기억한다. 형편이 그리 넉넉하지 않았는데도 백수인 딸 기 죽을까 싶어 그러셨던 것 같다.

지나고 보니 1년이었지만 그 당시는 내내 백수로 생을 마감할 것 같아 극도의 불안감에 시달렸었다.

35세에 결혼하기 전까지도 나는 내가 그리 늦게 결혼할지 몰랐고, 결혼하면 남편이 따박따박 돈을 벌어다 주는 줄로만 알았다. 그래서 미혼 시절, 월급은 저축도 안 하고 품위 유지비로 몽땅 다 써버렸다.

방송국 월급쟁이로만 25년.

나는 내가 그렇게 오래 일하게 될 줄은 몰랐다. 지금까지로 치면 일한 햇수가 어느새 40년. 크리스천이 되기 전, 20대에 점을 보러 갔었는데 점쟁이가 마흔 정도까지 일할 거라고 해 "그렇게나 오래 일을 한다고요?" 깜짝 놀란 기억이 있다. IMF 당시, 방송국도 인력 감축 찬바람이 불 때라 다들 불안에 떠는 분위기 속에서 절박하게 기도했다. "앞으로 10년만 더 잘리지 않게 해주세요. 나 잘리면 우리 식구 다 굶어 죽어요."라고. 그때 내 나이 40대 초반이었으니 그로부터 지금까지 20년이나 더 일하고 있다.

결혼하고 몇 년 안 돼, 아이들 유치원 다닐 때부터 남편은 전업주부가 되었고 나는 생활 밀착형 아나운서가 되었다. 내 월급은 들어오기 바쁘게 다 나가버렸고 네 식구 먹고살기도 빡빡해 저축은 꿈도 못 꾸었다.

실은 지금도 언제까지 일을 할 수 있을지, 언제 수입이 끊길지 모르는 프리랜서로서 내일을 모르는 삶을 살고 있다.

삶은 언제나 불투명했고 한 치 앞을 알 수 없었으며 불안의 연속이었다.
누군가 하늘에서 내려다보고 내 앞 일을 알려주었더라면 얼마나 좋았을까.
일테면 너는 1년만 백수 생활 하고 바로 시험에 합격할 것이니 너무 불안해 말거라, 35세에 결혼을 할 것이니 독신은 못 될 것이다, 남편은 종교인이 될 거니 돈 받을 생각은 아예 하지도 말아라, 25년 직장을 다니고 프리랜서가 될 터이니 좀 더 규모 있게 살림을 살거라.

그랬더라면, 아, 정말 그랬더라면 걱정근심 없이 매 시간 행복했을 것 같은데….

"과거는 역사, 미래는 비밀, 현재는 선물"이란 말도 있지만 미래는 왜 꼭 비밀이어야 할까. 미래를 알 수 있다면? 글쎄, 긴장감 없는 현재가 선물이 될 순 없겠지.

지금도 불안은 그림자처럼 줄곧 따라붙는다.
언제까지 생존과 생계를 걱정해야 할지….

하나 이제까지 그래 왔던 것처럼 지나간 뒤에 돌아보면 시작과 끝이 있고, 나쁜 일은 짧고 좋은 일은 길 것이며, 슬픔은 빨리 지나고 기쁨은 오래 지속될 것이다.

지금 장마 가운데 있다면 노아의 홍수를 겁내 아무것도 못 하고 바들바들 떨고만 있을 게 아니라 비가 오니 빈대떡이나 부쳐 먹으며 장마 후 무지개 볼 생각하고, 또 지금 날이 맑다면 비 올 걸 대비해 미리미리 빨래도 널고 지붕도 고치고 어여어여 소풍도 나갈 일이다.

'이렇게 나이 들었는데 앞으로 인생 뭐 하고 살지? 지금도 이리 기력이 없는데 곧 닥칠 노년은 얼마나 더 힘들까….' 솔직히 가끔은 그런 생각도 든다.

그러나 언제까지 어떠한 상태로 살지는 몰라도 100세 즈음에는 아마도 그런 후회를 할 거다. '내 나이 60세에 진짜 내가 하고 싶은 걸 시작할걸. 그 젊은 나이에 아무것도 안 하고 있었다니…. 이렇게 건강하게 오래 살 줄 몰랐네.'

오늘도 온통 코로나19를 비롯한 혼란스런 뉴스에 불안감으로 아무것도 못 하는 나를 보며 생각한다. '머잖아 지금의 나를 후회하며 이렇게 말할 거야. 아, 그때 집에서 시간도 많았구먼, 정리도 좀 싹 하고 책도 읽고 영화도 보고 요리도 하고 그러지…. 그 시간이 길지 않았잖아….'

한 걸음만 앞서 나를 보면 답이 나온다. 지금이 얼마나 좋은 땐지, 지금이 얼마나 유효한 시간인지.
알 수 없는 미래를 불안해하지만 않는다면 미래는 진실로 비밀이자 설렘이고 현재는 소중한 선물인데… 그리 잘 알면서도.

삶의 태도

삶에서 가장 중요한 태도 하나를 내게 꼽으라고 한다면
바로 '겸손'이다.

그놈의 겸손은 잠시 취했다 싶으면 어느 순간 얌체공처
럼 튕겨 오르고, 봄날 놀이공원의 수소 풍선처럼 높이 치
솟고, 타인의 교만이 보일라치면 더 큰 교만이 내 안에
용솟음치며 서로의 교만이 용쟁호투를 벌인다.

어떤 권사님은 성경책을 148번 통독했다 하여 147번까
지 통독한 사람은 얕게 여긴다. 김치 잘 담그는 아주머니
한 분은 김치 얘기만 나오면 김치 명인은 세상에 오로지
자기 한 명인 양 목청을 높이고, 영어 좀 하는 어떤 이는
말끝마다 영어를 구사하는 통에 역겨워 견딜 수가 없고,

책 많이 읽는 지인은 다독이 자신의 권좌라 타인의 무식을 탓하며 남의 글을 평론가인 양 판단한다. 글 잘 쓰는 사람은 칭찬이 양념이 되어 점점 더 수사가 늘어 당최 뭘 얘기하려는지 본뜻을 알 수가 없고, 옷 잘 입는 사람들은 타인의 매무새를 타박하고 업신여기며, 돈 많은 부자는 돈 보고 따라오는 사람들을 무시하고 조종하며, 몸매 좋은 사람들은 군살 붙은 사람들을 게으르고 한심하다 여긴다.

누구에게나 자신만의 권좌가 있다.
때로는 그 권좌가 자기를 빛나게도 하지만 자기를 망가뜨리게도 한다. 사람들은 권좌를 추앙하나 권좌를 무너뜨리고 싶어 한다.

날마다 손톱 자라듯 조용히 자라나는 교만, 마당의 잡초처럼 어느새 쑥쑥 커가는 교만, 개울가 찰거머리처럼 착착 달라붙는 교만, 아스팔트 콜타르처럼 엉겨 붙는 교만은 그냥 두면 바벨탑처럼 쌓여가고 높아진다.

방송 생활을 오래도록 해온 나는 말에 대해 예민하다. 남편의 뭉개진 발음을 격렬히 지적하고, 기승전결 없이 이야기하는 사람들을 보면 그들은 원하지도 않는데 지도 편달하고, 자기 말을 제대로 전달하지 못하는 젊은이들을 보면 답답해 미칠 지경.

나의 권좌는 말이다. 그깟 표준말 좀 안다고 잘난 체가 극렬이다. 말보다 어눌한 진심이 최고의 스피치인데, 나는 오늘도 내가 만든 권좌에서 좀처럼 내려올 생각을 않는다. 지금 커피숍 옆자리 사람들, '꽃이 예쁘다'를 말하며 계속 '꼬시 꼬시' 하는데 '꼬치'라고 고쳐주고 싶어 몸에 두드러기가 날 지경이다.

누가 나의 이 권좌 좀 내팽개쳐 주라. 안 되면 내 뺨이라도 갈겨주든지.

'꼬시'건 '꼬치'건 뭣이 중한가. 꽃을 좋아하면 그만이지.

심플하게

갈수록 심플해야 한다.

글도 심플
짐도 심플
집도 심플
밥도 심플
옷도 심플
몸도 심플
뇌도 심플
맘도 심플
문자도 심플
관계도 심플
근데 통장만 점점 심플해지네….

평화는 어디에

십여 년째 녹내장 물약을 두 개씩 아침저녁으로 넣는데 어쩌다 빼먹으면 금방 시야가 흐려지는 듯 조급해진다.

손톱 발톱은 때가 되면 잘라주고 다듬어줘야 그나마 인간의 모습을 유지할 수 있고, 정수기 없는 우리 집은 갑자기 생수가 떨어지면 슈퍼에 가 몇 개씩 낑낑 들고 와야 하고, 빨랫감은 어찌나 금세 쌓이는지 구분하고 빨고 말리고 개키고 넣고를 일주일에 두 번씩은 꼭 해야 하고, 설거지거리는 한 번만 미뤄도 고춧가루 덕지덕지 외면하고 싶은 장면이 펼쳐지고, 아침저녁으로 꼭 이를 닦아야 하고, 치실도 사용해야 하고, 잇몸이 부실해져 치과 치료도 더 이상 미룰 수 없고, 발꿈치는 박박 밀어야 허연 각질이 생기지 않고, 샤워하고 보디로션도 꼬박꼬박

발라줘야 땡기지 않고, 립밤은 안 바르면 입술이 타들어
가는 듯하고….

날마다 쌓이는 쓰레기는 피하고 싶은 생활의 전쟁터. 냉
장고엔 언제나 먹을 게 넘쳐나는데 막상 뭘 좀 먹으려면
먹을 게 없고, 드라이해야 할 옷을 깜빡하면 누렇게 때가
껴 결국 버리게 되고, 화장실 변기와 바닥은 며칠만 게으
름 피우면 물때와 곰팡이 스멀스멀. 먼지도 조금만 소홀
하면 포로록 쌓여 내 폐로 침입해 들어오고, 흰머리는 염
색한 지 열흘만 지나면 간첩같이 조용조용 침투해 오고,
때 되면 융통성 없이 날아오는 고지서들은 잔고를 위협
하고, 통장의 돈은 고장 난 수도꼭지에서 물 새듯 줄줄
새나가고, 날마다 아이들과 남편의 안부를 물어야 안심
되고, 요양원에 계신 엄마로부터 급작스레 마지막 통보
가 올까 늘 조마조마. 옷장 속의 안 입는 옷들은 차고 넘
쳐 오래된 애인처럼 버리지도 못하고 취하지도 못하는
애착의 쓰레기가 되어가고….

피는 건 힘들어도 지는 건 잠깐.
최영미 시인의 「선운사」 속 시구처럼 빼는 건 힘들어도

찌는 건 잠깐인 뱃살. 촛농같이 흘러내리는 피부, 거칠어지는 머릿결, 옥수수수염같이 푸석하게 빠져나가는 머리카락, 소리 없이 오르락내리락 위협하는 건강 수치는 심장을 옥죄어 오고, 매일같이 찍어대는 사진은 휴대폰 저장 한도를 위협하고, 보지 않는 메일은 수백 개씩 쌓여가며 자길 봐달라고 아우성이고, 이유 없이 멀어진 사람, 정리하지 못한 관계는 알게 모르게 가슴의 체증으로 남아 문득문득 쓰라린 통증을 유발한다.

컴퓨터 포맷 하듯 관계의 정리도, 감정의 잉여도 클릭 한 번으로 슥 정리할 수만 있다면… 얼마나 삶이 가벼워질까.

매일매일 미룰 수 없는 일상의 노동. 꼬박꼬박 해내야 유지되는 생활의 숙제. 일상은 줄 타는 어릿광대같이 성가시고 위태롭지만 공짜로 받는 햇살과 산소, 바람에 대한 대가로 여기면 글쎄다, 조금이나마 마음이 수월해질까.

변한 건   나

결혼할 때 나는 남편에게 돈을 바라지 않았다.
뜨거운 사랑을 바란 것도 아니었다.
오직 한 가지, 편안함이었다.

그런데 살면서 나는 남편에게 편안함은 당연한 거고, 거기에 유능함과 지적인 면모, 향상심을 끊임없이 요구하며 안주하는 그를 나무랐다.

결국 괴로운 건 그가 아니라 나였다.
남편은 돈을 주지 못했고 지적인 정보를 주지 못하였으며 발전하지도 못했다.
그러나 충분한 평안을 주었다. 푸른 초장 같은 평안함.

애초에 그에게 바랐던 한 가지, 평안함을 충족시켜 주었 건만 애살스럽게 탐심을 부린 건 나였다.

그는 늘 같았다. 항상 그 자리를 지키고 있었다.

변한 건 나였다.

친구에게도 그랬다.

내 얘기를 잘 들어주는 친구, 여행 가서 편안한 친구, 밥 잘 사주는 친구, 에너지를 주는 친구, 재밌는 친구, 요리 잘하는 친구…. 그중 하나로 만족해야 하는데 친구에게 자꾸 요구가 늘었다.

쇼핑도 같이 하고, 여행도 같이 가고, 푸념도 들어줘야 하고, 집밥도 해달라 하고, 웃겨달라 하고, 영화도 같이 보자 하고, 내가 전화하면 빨리 받아줘야 하고.

친구는 요리조리 만능 간장이 아닌데….

자식에게도 그렇다.

공부도 1등이길 바라고, 운동도 잘했으면 하고, 성격도 밝았으면 좋겠고, 좋은 친구만 사귀었으면 좋겠고, 밥 먹으라 하면 재까닥 나왔으면 좋겠고, 빨랫감도 알아서 내

높으면 좋겠고, 휴대폰도 그만 봤으면 좋겠고, 치킨도 덜 먹었으면 좋겠고, '사랑해요, 엄마' 하고 매일매일 얘기해 줬으면 좋겠고….

끝도 한도 없다.

내 사람들은 다 하이브리드, 울트라 짱, 에너자이저, 능력맨에다 보조 배터리처럼 나를 위해 항상 기다려주고, 내 말 잘 들어주는 순한 사람이었으면 좋겠다… 하는, 말도 안 되는 이기심.

한 가지만 바라자.

애초에 좋아했던 그 한 가지만.

그 남자의 자는 모습

남자와 아이는 왜 자는 모습이 짠하고 안쓰러울까.

이 남자, 종일 나 따라다니고 운전하느라 피곤한가 보다.

짐 싸야지, 짐 들어줘야지, 커피 사다 대령해야지, 힘들
단 투정 받아줘야지, 새벽에 토마토랑 사과 깎아 도시락
싸야지, 재활용 쓰레기 정리해야지, 잡초 뽑아야지. 벽에
콘크리트 못 박으라 하지, 와인병 따라 하지, 사진 찍으
라 하지… 그것도 잘 찍으라 하지.

비행기에 앉자마자 휴대폰으로 축구 보다가 곧장 잠 속
으로 빠져든다.

그도 피곤하긴 하겠다.

발음 똑바로 해라.

218

스스로 부딪치고 아프다 아우성치지 마라.

밥 홀렁홀렁 넘기지 마라.

컵 쏟지 마라.

천천히 행동해라.

물건 두고 나오지 마라.

재채기 크게 하지 마라.

아는 체 좀 하지 마라.

생각하고 말해라.

당구·골프 프로그램 좀 그만 봐라.

운전 좀 살살 해라.

자세 똑바로 해라.

입가에 뭐 묻히지 마라.

설거지 조심스레 해라.

아무 데나 끼지 마라.

말 좀 적게 해라.

드라마 보는데 묻지 좀 말아라.

'여보' 좀 그만 불러라.

내가 좀 잔소리가 많지?

피아노 반주 잘하고 순종적인 목사님 딸이나 장로님 딸

만났으면 대접받으며 잘 살았을 텐데. 나같이 극성맞고 까탈스럽고 예민하고 안목 따지고 변덕 심한 여자 만나 대우도 못 받고… 증말.

엊그제 누굴 만났는데 목사님이랑 사는 내가 부럽다 하더라. 자긴 교회에서 목사님 한 번 뵙는 것도 어렵고 궁금한 신앙적 질문 있을 때 물어볼 데가 없다면서.
아하, 그럴 수도 있겠구나.

나는 아플 때 고쳐주는 의사 남편이나, 사진 잘 찍어주는 사진작가 남편, 돈 많이 벌어다주는 기업가 남편이 부러웠는데, 세상에 목사 남편 부러워하는 사람도 있구나….

하긴 돈 못 버는 목사 남편 만나 생계형으로 먹고사느라 공부하고 일하고 자격증 따고 책 쓰고 자기 계발 해왔으니 치열한 방송 현장에서 지금까지 버텨온 거겠지.
나의 안쓰러운 목사 남편님은 감기 기운 있다면서도 내일 석희 삼춘 도와 몸 쓰는 일 나가신단다. 평대리 어느 집 돌담이 무너져 돌 쌓으러 가자는 말에 갑자기 눈이 반짝인다. 시계 사고 자동차 사는 데 눈이 반짝이지 않아

얼마나 다행인지. 땅 밟고 흙 만지며 사람들 돕는 게 힘
돋는 일이라니 말릴 이유 없지.

나는 일 나간 남편 돌아오길 기다리며 보글보글 찌개…
는 못 끓여 놓고 그냥 나 하고 싶은 거 하련다.
돌아올 때 종달리 만나빵집에서 빵 몇 개랑 집 앞 와인
숍 '종달블랑'에서 화이트 와인이나 한 병 사 오시오~.

앗, 목사 남편에게 술심부름 시켜도 되는 건가?

남편과　아들

남편에겐

이가 안 좋아 게장 안 발라주면 못 먹는다 하고
보리굴비도 손에 냄새 밴다며 발라달라 하고
밤도 껍데기 딱딱해 안 까주면 못 먹는다 하고
복숭아 알레르기 있으니 껍질 좀 까달라 하고
남편이 귀 좀 후벼달라면 더럽다 하는데

아들에겐

간장게장 다리 쫙 갈라 살 발라주고
게딱지 떼어내 참기름, 들깨 솔솔 뿌려주고
나는 남은 게장 국물에 밥 비벼 먹고

구리텁텁한 보리굴비도 맨손으로 척척 살 뜯어주고,
나는 대가리 살과 지느러미 살만 먹고

매끈한 옥광 밤 삶아 숟가락으로 속살만 파서 주고
나는 껍데기에 남은 거 싹싹 훑어 먹고

복숭아 두툼한 살은 이쁘게 썰어 이쁜 접시에 담아 주고
나는 복숭아씨에 붙은 살 싱크대에 선 채 먹고

아들은 말 안 해도 귀지 파줄까 꼬셔 허벅지에 눕히고
귓불까지 살살 만져준다.

남편은 자기 엄마에게 그렇게 대접받았을 테고
아들은 또 자기 아내에게 그렇게 대접받을 테지.
내리 대접.

아들들아, 엄마 잘했지?

큰아들이 고 3 여름 방학 때였다. 구부정한 걸음걸이가 신경 쓰여 한 달간 걸음 교정을 하는 모델 학교에 보냈다. 대학 입시가 코앞인데 괜찮을까 싶었으나 어차피 공부는 자기가 하고 싶어야 하는 거 아니겠나 하는 생각에 무모하게 작은아들까지 함께 입시 학원이 아닌 모델 학원으로 보냈다.

처음 며칠은 끌려가듯 가더니 자세가 조금씩 달라지며 바른 자세가 되니 키도 커진 듯 보인다며 적극적으로 재미를 붙여갔다. 또 형제가 같이 하니 서로 경쟁도 하며 제법 당당한 걸음걸이를 갖춰가는 모습.

또 아들들이 중학생 때는 시험 기간인데도 가로수길에 놀러 나가자고 했더니 내신 관리를 해야 한다고 손사래를 치며 시험 기간에 놀러 나가자 하는 엄마는 세상에 우리 엄마밖에 없다며 어이없는 웃음. 나는 "학교 공부가 인생의 다가 아니야. 세상 공부가 더 중요한 거란다." 하며 기어이 끌고 나가 가로수길 노점 손수레에서 양말도 사고 노천카페에서 차도 마시고, 자라 매장에 가 옷도 구경하고, 젠틀몬스터 같은 트렌디한 브랜드 숍에 들어가 안목도 높이고, 단골 LP Bar 트래픽까지 데리고 가 나는 맥주 한 잔, 아들들은 콜라 한 잔씩 놓고 김광석의 노래를 같이 들었더랬다,

아들들과 이제껏 100번이 넘는 여행을 했다. 물론 그 아이들이 여행을 온전히 즐긴 적은 사실 거의 없었다. 갖고 간 게임기만 죽어라 들여다봐 집어 던진 게임기만 몇 개인지. 차 타고 다니며 경치 좋은 곳에 내려 눈앞의 풍광을 둘러보라 하면 내리지도 않고 "뭐, 그냥… 산이네? 바다네?…" 끝. "으이고, 저것들 데리고 내가 왜 비싼 돈 들여 여행을 오냐, 다신 안 온다. 힝 ㅠ"

내가 사회생활을 해보니 학벌은 입사 통과할 때만 필요하지 그 후론 서로 어느 학교를 나왔는지도 모르고 알 필

요도 없고 또 궁금하지도 않다. 학벌이 중요한 게 아니라 자기 일에 대한 열정과 다른 사람들과의 관계가 더더욱 중요하다는 걸 알기에 아이들에게 백 점 맞아 1등 하고 최고의 학교를 나와야 한다고 강조하지 않았으며, 자다가도 벌떡 일어나 나가도 네가 행복한 일이 무엇인지 찾는 게 중요하다고 수만 번 강조했다. 무엇이 되는가보다 무엇이 자신을 행복하게 하는가를 들여다보라고. 엄마가 할 일은 너희들에게 세상을 보여주는 것이고, 그리하여 무엇을 선택하든 너의 선택을 무조건 지지하겠노라고.

희한하게도 나는 아이들의 성적표를 단 한 번도 보지 않았으며 아침에 깨워보지도 않았다. "성적은 너의 자존심이니 너만 알면 된다. 1등은 가능한 한 하지 마라. 내려갈 것만 남은 1등이 뭣이 중요하냐, 또 너희 반에서 1등이 세상의 1등도 아니고 1등은 수시로 바뀌는 거란다."세상을 역행하는 엄마는 그래서 아이들 초등학교 들어갈 때 성북동에서 김포로 이사를 갔다. 아이들은 논밭을 보고 자라야 한다며…. 김포에서 코 찔찔 흘리며 놀이터에서 땅따먹기 하고 자란 아이들은 지금도 김포 시절을 즐겁게 추억한다. 마침 전업주부 하던 아빠와 축구 하고 목욕

탕 가고 게임하던 그 어린 시절을….

큰아들이 고등학교 입시를 앞두고 내게 면담을 요청했다. 아무리 생각해 봐도 고등학교를 가지 않고 검정고시를 봐야겠다고. 내심 놀랐으나 평소 늘 너의 선택을 존중한다 말해 왔으니 무조건 너의 선택을 지지하겠노라… 다만 일주일만 더 고민해 보라 했고 아들은 사흘 만에 내게 와 미국 유학을 보내달라고 말했다. 음… 돈이 없는데….

지금 미국 뉴욕에 있는 두 아들은 비싼 엄마 장학금을 받으며 열심히 자기 길을 가고 있다. 시간만 나면 뉴욕의 미술관과 뮤지컬, 건축을 보러 다니고 트렌디한 공간을 찾아다니고 있다. 자기들끼리 여행을 다녀도 공원이나 시장, 박물관, 미술관 다니는 걸 보며 자식 교육은 하루아침에 되는 게 아니로구나, 어릴 적부터 아무것도 모르는 아이들 데리고 공연, 전시 찾아다니고 같이 여행 다닌 게 헛짓은 아니었구나 싶다. 언젠가 아이들이 이야기했다. 어릴 적에 엄마가 문화 예술 체험을 많이 시켜줘 어느 연령대를 만나도 음악, 미술, 패션, 영화, 건축, 사진

227

등등의 주제로 대화가 통하고 전 세계 수재들이 모인 학교에서도 자기들이 가장 여행을 많이 다녔으며 다양한 경험을 한 편이라 새삼 엄마에게 고맙다고.

두 아들의 꿈은 수시로 바뀌었다. 큰아이는 경제, 작은아이는 건축을 공부하고 있는데, 큰아들은 야망이 좀 큰 편이고 작은아들은 반바지 입고 지중해 바닷가 마을에서 어슬렁거리며 놀고먹는 게 꿈이란다. 에구, 꿈도 야무지지. 그게 젤 어려운 거란다. (암튼 엄마는 지중해에 어울리는 원피스만 사두면 되는 거지?)

공부는 결국 세상 속에서 행복하게 살기 위해서인데, 다들 공부가 지상 목표가 된 것 같아 안타깝다. 또 공부는 하나의 재능일 뿐 분명 다른 재능도 있을 터인데 공부만 강요하다 부모와 원수 되는 경우도 종종 보지 않는가.

은퇴하면 놀아야지, 아이들 대학 가면 놀아야지⋯. 아니, 노는 것도 몸에 배지 않으면 못 논다. 어색해서 못 논다. 잘 놀아야 행복한데 노는 방법을 평생 배우지 않았으니 놀 줄 모른다. 아이들에게 어릴 때부터 노는 법을 가르쳐야 한다. 노는 법은 세상에 있다. 등수에 있지 아니하다.

내가 아는 사람들 중 누가 가장 행복할까 생각해 보면 결코 돈 많은 사람, 학벌 좋은 사람, 출세한 사람이 아니다. 그저 자기 하고 싶은 대로, 천성대로 사는 사람, 잘 노는 사람이 가장 행복하다. 그렇기에 아이가 스스로 천성을 발견할 수 있도록 기다려주고 믿어주는 게 부모의 역할이라 생각한다.

자식 자랑 하려면 오만 원쯤은 내고 해야 하는데 나, 오늘 오버했다. 자식 자랑 여기서 끝!

나부터 잘하자

남편과 한바탕했다.

뭐든 꼼꼼치 못한 남편이 제주 무모한 집 냉장고에서 뭘 꺼내고 문을 닫지 않았나 본데, 본디 뒤처리가 예민하지 않은 사람이니 냉장고 문이 제대로 닫혔는지 확인하지 않았던 것.이.었.던. 것.이.었.다.

문이 열려 있던 사흘 동안 냉장고 속 채소와 반찬은 다 상해 흐물흐물 썩어버렸고, 맥주는 오뉴월 뜨건 창고에서 뜨뜨미지근하게 데워져 있었고, 아끼는 치즈와 어란은 발효를 넘어 머리가 아플 정도로 쿰쿰한 냄새를 풍기고…. 냉장고가 있는 창고 근처부터 쉰내 폭폭 나는데 정말 미.쳐.버.릴. 것만 같았다.

"아이고 인간아, 뒤 좀 돌아보고 다녀라~~~"

소리를 꽥꽥 질렀다.

그런데 다음 날 아침, 부엌에 나가 보니 와인 6병 들어가는 작은 와인 냉장고에서 물이 질질 흐르는 게 아닌가. 아니, 이건 또 뭔 일? 찬찬히 살피니 와인 냉장고 문이 빼꼼 열려 있다.

허, 엄벙덤벙한 남편이 또…?
화가 머리끝까지 치밀어 "여봇~~~!" 소리치는 순간, 아, 어젯밤 잠이 안 와 딱 한 잔만 하려고 내가 와인 냉장고에서 레드 와인 한 병을 꺼냈더랬지. 흠… 내가 왜 그랬을까나.
누구 탓할 것도 없다. '똥 묻은 개가 겨 묻은 개 나무란다.'고 하지 않았나.

얼마 전 무모한 집에 CCTV를 달았다. 담장이 없다 보니 지나는 사람들이 불쑥불쑥 마구 들어오기에 집 안팎에 석 대의 CCTV를 달았다. 이후 나는 마당의 나무들은 잘 자라고 있는지, 돌부엌 앞에 매달아 놓은 빗자루는 바람에 날아가진 않았는지 확인하려고 CCTV와 연결된 휴대폰을 어쩌다 들여다보는데, 남편은 본인이 육지에 가 있고 내가 제주 집에 있을 때는 수시로 휴대폰 화면을 보며 원격으로 잔소리를 한다.

"좀 전에 왜 마당에 나왔다 들어갔냐, 차가 삐뚜름하게 주차돼 있다, 부엌문은 벌레 들어가게 왜 열어놨냐, 택배 온 것 같으니 들여놓아라⋯."

결국 나는 잔소리 좀 그만하라고 짜증을 부렸다.

그런데 미국에 있는 아이들에게 이틀 걸러 한 번씩 전화를 거는 사람은 아빠가 아닌 엄마, 바로 나다.

"밥 먹었니? 뭐 먹었니? 밀가루 음식 덜 먹고 채소 많이 먹어라, 찻길 잘 건너라, 뒷골목 다닐 때 조심하거라, 빨래 자주 해라⋯."

같은 소리를 반복하는 엄마가 귀찮은지 아이들은 늘 듣는 둥 마는 둥 건성으로 답한다.

"네네네네에~~~"

누구 탓할 것도 없다. 남의 결점은 확대경으로 끌어다 보고 내 잘못은 돋보기를 껴야 겨우 보이니.

냉장고 문 닫을 때 꼭 뒤돌아보고, 아이들에게 전화도 좀 덜 하자.

'나나 잘하자!!!' 이 글귀를 팔에 문신으로라도 새겨야 할까 보아.

어쨌든 사랑

남자 친구와 이십여 년 좋은 관계를 유지하고 있는 지인에게 비결을 물었다. 답은 '목줄을 잡지 않는 거'란다.

개가 목줄을 죄이면 도망가려 하고 목줄을 매지 않으면 제 발로 돌아오는 것처럼 상대를 잡기 위해 목줄을 매면 결국 그 목줄은 내 목줄이 되어 나를 옥죄게 된다고. 상대를 붙잡아두기 위해 목줄을 당기면 상대도 나도, 같이 움직이지 못한다.

가지 말라 하면 가고 싶고 하지 말라 하면 더 하고 싶은 게 사람의 본성인 듯. 연애뿐 아니라 인생사 모든 것에 해당되는 진리가 아닐까.

사랑한다는 이유로 독점하려 하면 거기서부터 금이 가기 시작한다. 사랑은 늘 사랑 아닌 것이 끼기 시작하면서 무너져버리는 거.

지구상에 1억만 명의 사람이 존재한다면 1억만 개의 사랑이 존재한다고 하지 않던가. 사랑은 각기 고유하다는 뜻일 게다.

그러나 그 1억만 개의 사랑은 공통적으로 자유와 다툰다.

내가 아는 한 동료 방송인은 한시도 쉬지 않고 연애를 했다. 그렇다고 동시다발적인 건 아니었고 한 여자를 죽도록, 지독히 사랑했다. 24시간 거의 소통을 했고 사사건건 동선을 공유하는 초밀착형 연애라고나 할까. 처음엔 얼마나 나를 사랑하면 저럴까 싶어 여자가 좋아했지만 그 연애는 늘 오래가지 못했다. 인간은 본래적으로 자유로운 존재인데 그 자유가 통제되면 튕겨져 나가는 법. 그래서 항상 우리는 사랑과 자유 사이에서 갈등한다.

연예인들의 불륜 사건이 화제가 될 때마다 댓글들이 부글부글 들끓는다.

특히 상대 여성을 향해 남의 남편 꼬드긴 몹쓸 년이란 온갖 댓글들이 도배가 된다. 여자가 미혼이건 기혼이건 불문하고 대부분 다 여성에게 미움의 화살이 쏠린다.

남자가 바람을 피우는 건 씨를 퍼뜨리려는 본능이라?

여자가 먼저 꼬리를 쳤을 거란 통념으로?

저 여자가 나보다 예뻐서?

내가 좋아하는 남자 연예인이라?

나는 못 하는데 저 여자는 하니까?

어쩌면 본처 마인드 때문이다.

바람을 피운 상대 여자가 아니라 바람을 피운 그 남자의 본처와 나를 동일시하기 때문이다. 그래서 졸지에 내 남편을 빼앗긴 것 같은 상실감이 훅 다가온 건 아닐지. 안 그래도 나는 뒤처져 있는 것 같고 내 남편은 승승장구 잘 나가는 것 같아 늘 염려스러운데, 연예인 불륜 기사가 그 염려에 불을 붙였기 때문은 아닐까. 내 남편은 아닐 것인데 여우 같은 여자들이 착한 내 남편을 유혹해 정신 빠지게 하는 건 아닌지. 재연 법정 드라마 〈사랑과 전쟁〉 시청률이 그렇게 잘 나왔던 것도 다 내 남편 빼앗아간 여시 같은 여자들 얘기라서일 게다. 친구들 만나면 안 그래도 불안한데 뉘 집 남편 바람피운 이야기가 봄날 벚꽃 흩날리는 것보다 더 천지삐까리니…. 여비서랑 바람났다더라, 동창회에서 첫사랑 만나 부인과 이혼했다더라, 요즘은 어린 것들이 유부남 더 좋아한다더라 등등, '카더라

통신'에 정신이 아뜩.

근데 사회생활 해보면 진짜 꼬시고 싶은, 멋있는 남자가 없다. 어쩜 그렇게 없는지. 멋있는 남자는 다 드라마 속에나 있나 보다. 야비하거나 치졸하거나 무능하거나 주제를 모르거나 출세에만 눈멀어 있거나 돈에 연연하거나 공명심만 그득하거나…. 눈 씻고 찾아도 멋진 남자는 없더라.

언젠가 사회적으로 굉장히 성공한 기업인을 만난 적이 있다. 밑바닥부터 출발해 대기업의 꼭대기까지 올라간 비결이 뭘까 궁금했다. 혼자 만나기 부담스러워 친구 몇 명 데리고 나갔는데 몇 번 밥 먹고 나서 그 친구들은 단체 카톡방에서 다 나가버렸다. 공짜 밥 먹고는 그의 공치사 듣는 것도 한두 번이지. 메뉴도 대단한 곳에서 엄청난 걸 먹는 것도 아니고….

나이 좀 지긋한 남자 사람, 단둘이 만날 일도 거의 없지만 남자들은 여성과 둘이 저녁을 먹는 것에 대해 쓸데없는 기대감을 갖는 것 같다. 마치 연애의 시작이라도 되는 듯. 여자들은 대화를 원하는데 남자들은 대화 아닌, 다른 그 무엇을 상상하는 건 아닌지. 내 남편을 꼬시는 건 여자가 아니라 딴 일을 도모하고자 하는 우리의 남편님들일지도 모른다는 사실.

나는 친한 남자들과 팔짱도 끼고 사진 찍어 SNS에 올리고 여럿이 남녀 섞여 여행도 다니곤 하는데 사람들이 은근히 물어보기도 한다. 다른 남자들하고 여행 가는 거 괜찮냐고. 내 남편도 염려 안 하는 걸 당신이 걱정해 주다니 고맙기도 하지. 진짜 연애 관계라면 아무도 모르게 숨기지, 그걸 온 세상에 떠벌일 바보가 어디 있겠냐.

사회생활 오래 한 여성들은 안다. 실제 직장에서 연애 사건은 그다지 흔치 않다. 연애하고 싶은 사람이 도통 없으니. 뉴스에 나오는 건 그만큼 드물기 때문이다. 안 그러면 모여 직장 상사 욕하겠는가. 목구멍이 포도청이라며 상사에게 아부 떨거나, 여직원들 희롱이나 하려 들거나, 남의 공 가로채려 하거나, 돈 한 푼에 쫀쫀한 남자들에게 질리는데 연애는 무슨.

남자들은 나이 들수록 멋있어진다고? 로맨스그레이? 그

건 소설이나 영화 속 얘기다. 나이 든 남자들 자세히 보면 입가에 거품 끼고, 눈동자 흐려 있고, 입 냄새 나고, 볼일 본 뒤 지퍼도 잘 안 올리고, 전립샘 안 좋아 지저분하거나, 뱃살 불뚝하거나, 침 튀기며, 말 많고, 과거 얘기나 정치 얘기로 목에 핏대 세우며, 한 번 웃어주면 자기 좋아하는 줄 착각하고, 밥값도 잘 안 낸다.

그러니 부디, 아내들이여. 댁의 남편은 심히 안녕하니 걱정 염려는 내려놓으셔도 된다. 내 눈에만 멋있고 잘나가지, 어디 내놔도 데려갈 여자 없다.

불륜 사건 뉴스에 오르내리면 본처 마인드로 붉으락푸르락 핏대 세우며 내연녀한테 손가락질 말고, 나 자신이 혹여 그 남자가 사랑한 여인이라 한 번쯤 상상해 보면 어떨까.
나도 아직 사랑하고 싶고 연애하고 싶지 않나. 아직 나, 너무 여자 아니던가.

나는 진실로, 진실로 내 남편에게 러브 어페어가 생겨도 괜찮다. 진심이다.

어떻게 한 사람으로 태어나 한 사람만을 사랑할 수 있겠는가. 사랑할 사람이 없어 못 하지, 사랑이 생긴다는 건 축복이다.

누가 일부러 불륜을 저지르고 싶어 저지르겠는가. 사랑은 내 힘으로 통제가 안 되는 것. 누군가 눈에 들어왔는데 기혼자일 경우, 누구나 지나쳐 버리려 짐짓 눈감을 것이다. 참고 누르고 빼고 부정해도 아니 되니, 비로소 사랑이 시작되는 거지. 그러나 내가 좋아하는 사람이 나를 좋아할 확률은 1천만 분의 일이라 하던가? 장소와 시간과 여건과 마음이 맞을 확률… 진짜 없다. 사랑은 아무나 하나.

나는 젊은 시절, 뼛속 깊은 사랑을 해봐서 사랑을 좀 안다. 사랑이야말로 나도 모르게 빠지는 것이며, 행복한 감정의 극단이 씌는 것이고 인간이 가질 수 있는 최고의 황홀감이다. 사랑의 아픔도, 사랑의 고조감도 모르고 살아온 남편에게 만일 뒤늦게 사랑이 찾아온다면 나는 흔쾌히 축하하고 보내줄 것이다. 결단코 남편을 사랑하는 그녀의 머리끄덩이를 잡지 않을 것이다.

대신 나도 길 가다 첫사랑을 만날지 모르니 항상 예쁘게 하고 다닐 거다. 옷도 세련되게 입고, 살도 빼고, 화장도 곱게 하고. 내 첫사랑이 '영미야, 넌 옛날 그대로네~' 하고 가슴 두근거리게 말이지.

아티스트 백남준 선생도 돌아가시기 직전의 인터뷰에서 사랑이 가장 하고 싶다 했고, 소설가 박경리 선생도 숨을 거두기 직전에 가장 하고 싶은 게 사랑이라 말했다. 여든이 넘은 황인용 아나운서 선배님도 언젠가 파주 헤이리 카메라타 뮤직 스튜디오에서 만났을 때, 남은 생에서 가장 하고 싶으신 게 뭐냐 여쭈니 단박에 연애라 말씀하시더만.

사랑이다, 결국은.
죽기 전에 다들 하고 싶은 게 사랑이라니 놔두자.
썩어 문드러질 몸, 왜 꽁꽁 싸매고 살았는지 모르겠다고 문정희 시인이 얘기하더라. 사랑하는 사람들 그냥 사랑하게 놔두자. 돌 맞을 각오하고 이 글 쓴다.
나는 어쨌든 사랑이다.

돌아보면   조금씩

매일매일이 똑같다. 어제가 그제 같고 그제가 오늘 같고 오늘이 어제 같고⋯.

영화 〈바람과 함께 사라지다〉 속 비비안 리의 마지막 대사처럼, 내일은 내일의 태양이 뜰 것이고 아침은 변함없이 올 테지만 그다지 새롭지 않다.

맞다. SNS가 나의 작년 오늘, 재작년 오늘을 보여주는데 어쩜 그리도 지금과 같은지⋯. 그때도 나는 저녁나절 노을 붉은 올림픽대로를 운전하며 쓸쓸함으로 사무쳤고 돈에 갈급했으며 일이 많은 날은 몸이 힘들었고 일이 없는 날은 맘이 불안했으며 인간관계는 복잡다단, 머리가 항상 묵지근했다. 개와 늑대의 시간, 푸른 저녁엔 놀이터 아이들의 재잘거림과 KBS FM 〈세상의 모든 음악〉을 들으며 괜스레 눈물을 떨궜고, 밤엔 영화를 보며 붉은 와인을 마셔댔다.

그런데 문득 생각해 보니 나는 어느 날 거짓말같이 제주도에 체리집을 마련했다가 다시 무모한 집으로 뚝딱 옮겼다. 돈 한 푼 없이 무슨 깡으로 제주살이를 감행했는지 지금 생각해도 무모한 일이다. 그리고 하루가 멀다 하며 말다툼을 벌이던 남편은 제주에서 감자와 당근 농사를 짓는 평강의 농부가 되었고 몇 가닥 남은 머리카락을 스킨헤드로 박박 밀어 주윤발에서 지금은 숀 코넬리가 되었다.

아이들은 까까머리 중학생 때 미국 유학을 떠났다가 어느새 20대 중반이 되어 엄마에게 새로운 신문명을 가르치고 있고, 함께 치킨을 시켜 먹으며 맥주잔을 부딪치게 되었다. 첫째는 경제를 전공해 금융 맨이 될 준비를 하고 있으며, 둘째는 건축 회사에서 인턴을 하고 있는 중. 언제 크나, 군대는 언제 마치나, 요원하던 것이 너무나 후딱 지나가 버렸다. 이제 아들들에게 용돈 받는 날이 곧 올지도 모른다.

얼마 전엔 차도 바꿨다. 렌트했던 제네시스가 혼자 쓰긴 큰 것 같아 코나 SUV로 바꿨고, 제주에서 타던 중고 경차 스파크를 팔고 제주에 맞는 전기차로 렌트를 했다. 최근엔 8년 쓰던 거실 소파도 바꿨다. 우연히 들른 북유럽 가구점에서 진열품이던 소파를 70% 세일 한다기에 얼떨결에 사버렸다.

매일매일은 그날이 그날인데, 1년 전 사진만 봐도 젊다. 3년 전 사진을 보면 매우 낯설다. 가끔씩 얼굴에 레이저를 하고 보톡스를 맞아 꽃중년을 유지하는 것 같아도 예쁘게 맞던 원피스를 오랜만에 입어보면 허리가 안 맞는다. 머리카락은 점점 가늘어지고 모발은 비어간다.

결혼을 안 해 엄마의 걱정이었던 친구의 딸은 결혼해 아이를 낳았고, 후배 한 명은 늦둥이를 낳아 세 아이의 엄마가 되어 나라에서 돈도 탄탄. 김중만 사진작가가 갑자기 폐렴으로 죽고, 마영범 인테리어 디자이너가 심장마비로 안타깝게 세상을 떠났고, 친했던 자유인 김태욱 아나운서가 세상을 등졌다. 그들의 전화번호를 지우는 날이 너무 일찍 왔다.

오늘이 어제 같고 내일이 오늘 같을 줄 알았는데 조금씩 삶은 변한다. 생겨나고 사라지며 뜨고 지고 자라고 마르고 움트고…. 올해 핀 꽃은 내년에도 피어나지만 내년 꽃은 올해 꽃이 아니다. 몸 세포도 빠른 템포로 죽고 재생되고 다시 죽고 또 새로워지니 오늘의 내 몸은 어제의 내 몸이 아닌 것.

조용히 오늘을 응시해 본다. 나의 무엇이 바뀌고 변하고 있는지…. 벽시계 소리는 귀 기울이지 않으면 들리지 않다가 예민한 밤엔 초침 가는 소리까지 들리듯이. 가만… 침묵으로 나를 들여다보면 내 생의 속도가 들릴 것이다.

처절한 그리움에 견딜 수 없었던 미련한 사랑도, 어느새 이름조차 가물거리고 죽을 만큼 사랑했던 사람과도 모르는 체 지나는 날이 오지 않았나.
시간은 바람처럼 보이지 않지만 분명 흐르고 있다.
변하지 않는 것은 '변한다는 사실'뿐이라 하던가.
아침마다 듣는 음악 프로그램의 DJ도 익숙한 시그널 뮤직에 맞춰 항상 그 음성을 들려줄 것 같지만 어느 날 소리 없이 사라지기도 한다. 죽고 못 살던 친구도 마뜩잖게

남보다 못한 사이가 되어버리기도 하고.

다시 오는 건 이별만이 아니다. 다시 안 한다 다짐했던 사랑도, 결코 오지 않을 것만 같은 사랑도 온다.
불씨처럼 되살아나 밀물처럼 내게 달려들지 혹시 아나.
기대하시라. 메뚜기 같은 한철의 첫사랑보다 은근한 끝사랑이 더욱 근사할지도 모르니.
천상병 시인은 그랬지. 늙어가는 것이 서러운 게 아니라 아무것도 한 것이 없는 게 더 서럽다고.
'그 밥에 그 나물'인 매일이라지만 생은 조금씩 변한다.
밥이 질기도 하고 되기도 하듯이, 나물이 쇠기도 하고 연하기도 하듯이 사실 같은 날은 단 하루도 없다. 그걸 알아차리기만 하면 된다,

매일매일 똑같은 하루 속에 꽃씨 하나 떨어져 지금 새순을 틔우고 있을지 누가 알겠는가. 먼 길 뒤돌아보라, 언제나 훈풍은 소리 없이 불어왔다.

놀 수 있을 때 놀고
볼 수 있을 때 보고
갈 수 있을 때 가고

초판 1쇄 발행 2023년 6월 19일
초판 7쇄 발행 2023년 7월 12일

지은이 윤영미
펴낸이 안지선

편집 신정진
디자인 석윤이
마케팅 최지연 이유리 윤여준
경영지원 김나영
제작 투자 타인의취향
제작처 상식문화

펴낸곳 (주)몽스북
출판등록 2018년 10월 22일 제2018-000212호
주소 서울시 강남구 학동로4길15 724
이메일 monsbook33@gmail.com

ISBN 979-11-91401-72-1 03810

mons (주)몽스북은 생활 철학, 미식, 환경, 디자인, 리빙 등 일상의 의미와 라이프스타일의 가치를 담은 창작물을 소개합니다.